Klaus Merz:

Kommen Sie mit mir ans Meer, Fräulein?

für
Rita
herzlich
Klaus Merz
18-12-11

Klaus Merz

Kommen Sie mit mir ans Meer, Fräulein?

Roman

Haymon

Umschlagbild: Heinz Egger

Die Deutsche Bibliothek – CIP-Einheitsaufnahme

Merz, Klaus:
Kommen Sie mit mir ans Meer, Fräulein? : Roman
/ Klaus Merz. - Innsbruck : Haymon-Verlag, 1998
ISBN 3-85218-270-0

Umschlaglitho: Laserpoint, Innsbruck
Druck und Bindung: Wiener Verlag, Himberg

1

Unterwegs zu Maria hattest du anfangs Angst, die Straße vor dir könnte plötzlich aufhören, vergrasen, ins Unkraut führen, ins Unterholz. Wegelagerer träten dir vor den Wagen, dubiose Gesellen mit finsteren Gesichtern, dem entzündeten Augenlid.

Oder es beugen sich uniformierte Ordnungshüter in dein offenes Wagenfenster. Sie verlangen nach Ausweispapieren, die du nicht bei dir trägst, und verschwinden wieder, ohne zu insistieren.

Du fährst zwischen hohen Maisfeldern in einem grünen Kanal. Schwarzbrauner Maisbart hängt da und dort aus den halbreifen Kolben. Achselhöhlen kommen dir in den Sinn, schattige Buchten für verborgene Vogelnester, in denen du deine knochig gewordenen Hände neu ausbrütest, bis sie wie Vögel fliegen: fünf flügge gewordene Finger über einer hellen Landschaft aus Haut und Haar.

Sie sei froh, hat Rosina kürzlich zu dir gesagt, daß die Maisfelder bald abgeerntet würden, man sehe dann wieder besser durch die Welt.

Du siehst sie mit Anna zusammen im grün gestrichenen Türrahmen stehen, als du zu Hause

weggefahren bist, ohne zu sagen wohin. Richtung Süden wahrscheinlich.
Einfach ein wenig weg.
Die hellen Tage der letzten Zeit haben unter deiner Schädeldecke einen ziehenden Schmerz verursacht. In klaren Nächten sind auch die Lichter des Bergrestaurants am Horizont wieder zu erkennen gewesen.
Ausfahren, hast du noch gesagt und geschwiegen. Du erinnerst dich, wie du plötzlich nicht mehr sicher gewesen bist, ob dir das tatsächlich zustehe, deine Redensarten sind dir peinlich geworden. Der Wind hat einen blauen Vorhang aus dem offenstehenden Küchenfenster gezerrt. Du hast zu zögern begonnen, bis Anna für dich entschieden hat:
Geh jetzt, hat sie zu dir gesagt, und nach einer kurzen Pause beigefügt, bevor es Abend wird und ich dich bitte zu bleiben. Du hast deine Hand auf Rosinas helles Haar gelegt und sie wieder weggezogen, als du sie auf dem Kopf des Kindes hast liegen sehen.
Ihr habt einander rasch umarmt.
Trag Sorge zu dir.
Du auch.
Es war plötzlich eine Fremdheit zwischen dir und

Anna, die euch beide sehr sorgfältig machte. Rosina biß auf die Haarsträhne, die sie sich quer über das Gesicht gezogen hatte.
Nachher, beim Einbiegen in die Hauptstraße, stelltest du dir vor, wie sie ihren Kopf an Annas Hüfte schmiegen würde, tratest ohne ersichtlichen Grund auf den Knopf der defekten Scheibenwischanlage, diktiert Dubois, den Blick gegen die weißliche Zimmerdecke gerichtet, das kleine Aufnahmegerät in der rechten Hand.

Eine Stunde zuvor hatte er noch in der Mitte des engen Raumes auf einem schmalen Schragen gelegen, der mit einem weißen Wegwerflaken überzogen war. Er trug seine eigenen Kleider, das helle Hemd, die blaue Hose. Am Türhaken sah er ein frisches Krankenhemd hängen, weiß, mit weinroten Streifen, einem offenen Rückenschlitz und zu kurzen Ärmeln.
Der Sonnenstore stand auf halbmast. Durch die Scheiben schien grünes Licht. Er betrachtete den Wandkalender mit Daten und Namenstagen, dem fetten Schriftzug eines Pharmakonzerns. In einiger Entfernung schrie ein Kind. Schritte im Korridor.

Kurze Zeit später trug Dubois das Hemd mit den Ärmeln. Er lag seitwärts, hatte je einen Fiebermesser im Hintern und unterm Arm. Blut und Urin waren bereits untersucht.
Blutdruck normal.
Schwester Barbara war von Anfang an freundlich zu ihm. Er sprach hochdeutsch mit ihr, obwohl sie ihm versichert hatte, daß sie auch Mundart verstünde. Chuchichäschtli, kein Problem. Sie traf seine Venen auf Anhieb. Aber spätestens bevor er sie mit nur noch gespielter Gelassenheit nach ihrer genauen Herkunft fragte, spürte er, daß es für ihn jetzt vor allem darum gehen würde, keine tatsächlichen Verwundungen aufkommen zu lassen, um nicht in etwas hineinzugeraten, vor dem es auf der Hut zu sein galt: *Dubois A., 644.45.403.3, Verdacht auf innere Verletzungen, Krankenkasse Helvetia.*
Schwester Barbara freute es, daß er Erlangen kennt. Über ihr verlängertes Wochenende werde sie hinfahren. Elternbesuch. Ob er mitgehen möchte, hatte sie ihn scherzend gefragt, das Fieberthermometer aus dem After gezogen. Er durfte sich von nun an auf den Rücken legen, wenn er wollte. In einigen Minuten würde der Chef bestimmt da sein.

Dubois ging die Namen auf dem Wandkalender durch, fand seinen eigenen Vornamen mit dem vorangestellten Datum. Meist liegt noch Schnee um diese Jahreszeit.
Als er einen Moment lang die Augen schloß, spürte er zum ersten Mal seit seiner Einlieferung den stechenden Schmerz in der oberen Bauchgegend wieder gegen die Haut drücken.
Professor Decker, stellte sich dann der Chefarzt vor. Er weiß, wer er ist, altes Schrot und Korn, sagte seine Namen, als sagte er Schach matt. Die graue Operationskappe nahm er für den Besuch nicht ab. Nach drei, vier gezielten Fragen und unerwartet sanften Bauchgriffen ordnete er die vorläufige Überwachung und zusätzliche Abklärungen an: Jägerlatein über die zurückgeworfene Wolldecke hinweg.
Der Notfallarzt nickte.
Dubois hörte sich selbst nach Milz und Leber fragen, als machte er unverbindliche Menüvorschläge. Er wollte sich von den Herren nicht überrumpeln lassen, aber da hatte der Troß sein Zimmer bereits wieder verlassen.
Als einzige kehrte Schwester Barbara nach einer Weile zu ihm zurück, erklärte ihm die bevorstehenden Maßnahmen:

Stündliche Blutdruck- und Pulskontrolle.
Überwachung des Bauchumfanges. Eine Abdominal-Lavage, wenn nötig.
Zwecks ständiger Operationsbereitschaft hatte Dubois vorläufig nüchtern zu bleiben. Das Legen einer Leitung war erst für später vorgesehen. Traubenzucker, Kochsalz.
Abdomen heiße eigentlich Schmerbauch, erläuterte die Schwester, im medizinischen Bereich sei die Bauchhöhle damit gemeint.
Dubois war es recht, daß die Schwester weiterredete, während man seinen Schragen durch ein richtiges Bett ersetzte und an die Wand schob. Aber er wollte sich nicht einrichten zwischen den freundlichen, weißen Tüchern. Er schwitzte, stellte den beweglichen Kopfteil flach, hoch, flach, verhaspelte sich fortwährend im feuchter werdenden Bettuch, suchte vergeblich nach kühlen Stellen für seine Füße. Das Bild eines aufgespannten Ochsen am Drehspieß kam ihm immer wieder in den Sinn.
Einen Augenblick lang sah er jetzt Anna und Rosina zu Hause am Mittagstisch sitzen, die Teller halb leer gegessen. Auf seinem eigenen Stuhl lag eng zusammengerollt die Katze. Niemand sagte ein Wort.

Dubois kam sich nicht unersetzbar vor. Und doch spürte er, wie dieses Bild als zusätzlicher Schmerz in seine Bauchhöhle einfuhr. Die unverstellte Angst, langsam in sich hineinzuverbluten, nahm ständig zu.

Er griff wieder nach dem Diktiergerät auf dem Nachttisch, drückte die Wiedergabetaste und hielt das schmale Sieb des eingebauten Lautsprechers an sein Ohr:

Es ist ein heller Tag, hörte er sich unter Motorengeräuschen sagen, staubige Straßenränder. Rotlicht. Linkerhand eine geschlossene Tankstelle. Die Fenster ohne Vorhänge im ersten Stock stehen offen. Das grünrote Castrol-Blech dreht langsam im Wind. Vor dem Zählwerk der Normalsäule fehlt das Schutzglas. Dubois hatte diese Sätze am Morgen während der Fahrt Richtung Innerschweiz protokolliert.

Der unablässig an den Wagenfenstern vorüberziehenden Welt wenigstens mit Worten auf der Spur bleiben, begründet er seine mündlichen und schriftlichen Aufzeichnungen. – Es war bei den paar Sätzen geblieben. Die eigene Stimme beruhigte, aber es war zu wenig, um gegen die zunehmende Unruhe aufzukommen.

Dubois drückte die rote Sprechtaste und begann,

das angefangene Diktat fortzusetzen. Während er sich Wort für Wort aus seiner drohenden Verletztheit herausredete, nahm auch das Stechen in seiner Bauchgegend wieder ab.

Als Schwester Barbara die nächste Kontrolle vornimmt, versichert ihr Dubois, daß er absolut gesund sei. Der Schmerz in seiner Bauchgegend habe sich im Verlaufe des Spätnachmittages ganz verloren. Im Grunde habe er sich schon lange nicht mehr so gut gefühlt wie gerade jetzt, deshalb wolle er weiterfahren, diktieren.

Ja, das Gerät trage er immer bei sich, auch wenn er mit dem Wagen unterwegs sei. Er halte damit fest, was ihm auf der Fahrt auffalle: Kleinigkeiten, Dazwischenliegendes meist, keine Hauptsachen.

Nein, eigentlich betreibe er mit seinen mündlichen und schriftlichen Notizen lediglich eine Art Spurensicherung. Um nachlesen zu können, wo es hingehe mit ihm. Er sehe für sich keine andere Möglichkeit, ein wenig vorauszuschauen. Und gegenwärtig zu sein.

Wahrscheinlich habe er Vergangenheitsaugen, fügt Dubois noch bei und schaut der Schwester zu, wie sie am Fußende des Bettes die Meßresultate in die vorgedruckte Kontrolliste einträgt. Sie ist Linkshänderin. Nachdem sie ihren blauen Kugelschreiber in die Schürzentasche zurückgesteckt hat, bleibt sie im Zimmer stehen, als erwarte sie noch etwas.

Er wäre ihr dankbar, sagt Dubois nach einer Pause zu Schwester Barbara, wenn sie ihn nicht mehr allzu oft kontrollieren, sie solle verzeihen, unterbrechen würde. Was er jetzt nämlich nicht festhalte, werde ihm im Laufe der Zeit langsam abhanden kommen. Es sei für ihn aber sehr wichtig, das spüre er, dieses Gefühl sei sozusagen an die Stelle seines Stechens in der Bauchhöhle getreten, daß er im Verlaufe dieser Nacht noch bis Erstfeld durchkomme.

Er wisse es, eine schattige Gegend, auch im Sommer.

Nein, seine Frau solle man noch nicht verständigen. Er möchte das am nächsten Tag selber tun.

Dubois vereinbart mit der Schwester, daß sie die stündliche Blutdruck- und Pulskontrolle nur noch alle zwei Stunden vornimmt. Er verspricht ihr zu läuten, falls sich an seinem Zustand etwas ändern sollte.

An der gegenüberliegenden Zimmerwand fällt

ihm, nachdem sich die Schwester mit der neuen Regelung einverstanden erklärt und den schmalen Raum verlassen hat, die Reproduktion eines gemalten Alpaufzuges auf: die geschmückten Kühe in den Serpentinen, die dünne Rauchfahne, die aus der gebogenen Tabakspfeife des Sennen steigt. Ein wenig scheint er in den Knien zu gehen, da sein Reff schwer beladen ist. Bis zum oberen Bildrand breiten sich lauter saftiggrüne Alpweiden aus. Weiter gibt es nichts mehr zu sehen auf dem dunkel gerahmten Bildchen mit den messingverstärkten Ecken, denkt Dubois.
Auch beim tiefen Ein- und Ausatmen meldet sich kein Schmerz mehr. Und das faustgroße Gerät in der Hand gibt ihm eine eigenartige Sicherheit.

2

Seitenwind, der Himmel Richtung Süden ist jetzt wolkenlos. Die großen Überlandleitungen in der Ebene hängen sommerlich durch. Ein Schützenhaus steht blind, aber wehrhaft auf dem offenen Feld, eine Mischung aus Alphütte und Ritterburg mit schwarz-gelb gestrichenen Fensterläden.
Wer durch dieses Land unterwegs ist, stößt vor Dörfern, am Rande von Städten, zwischen losen Wohngebieten, in Waldeinschnitten zwangsläufig und immer wieder auf diese abseitigen Bauten: Seilbahnstationen ohne Seile, Lagerschuppen ohne Gleisanschluß. Ein landesweites Arsenal von rührenden Laubsägehäuschen und unmotivierten Lawinenverbauungen.
Auf den gekiesten und geteerten Vorplätzen, den verkommenen Wiesenparzellen ragen neben den verriegelten Gebäuden leere Fahnenmasten in die Höhe. Bei Wind schlägt das Drahtseil an die langen Stangen. Die rot-weiße Schießfahne liegt eingerollt im finsteren Vorraum des Standes.
Eine unsichtbare Wolke von verbranntem Gewehrfett schwebt über den einsamen Häusern. Ohrschmalz des Vorjahres, der Geschmack der kleinen grauen Gummipfropfen, die mit Speichel

befeuchtet leichter in die Ohren rutschen, legt sich dir unwillkürlich auf die Zunge. Der Gehörschutz gehört zur Ausrüstung jedes Schweizer Bürgers und Soldaten. Mit Dienstalter und Ranghöhe nimmt aber meist auch die Taubheit zu, da die Gummipfropfen nur unzulänglichen Schutz gewähren.

Über der Eingangstür der Häuser fehlt nur selten das Emblem gekreuzter Zeigerkellen, braun bemalter Holzgewehre. Oder der Schütze Tell ziert in verschiedenen Ausführungen den Türsturz. Darunter ein Schriftzug: *Feldschützen*, und das Erbauungsjahr, zum Beispiel *1909, in freiwilligem Frondienst erstellt*.

Zwischen den geschlossenen Fensterläden hängt ein angesengter Munitionsbefehl. Er klebt neben halb abgerissenen und wieder überpappten Plakaten von verjährten Maskenbällen, von Motocrossrennen in der Nachbargemeinde. Nicht zu übersehen ist der fettgedruckte Aufruf zu einem Volksmarsch mit internationaler Beteiligung. Er wird vom regionalen Unteroffiziersverein veranstaltet und *mit Suppe und Spatz* auf dem Vorplatz des Schützenhauses zu einem würdigen Abschluß gebracht.

Auf der Frontseite des Gebäudes mit den breiten

Rolläden, den schaufenstergroßen windschiefen Holzverschlägen führt meist ein schnurgerader Trampelpfad vom Haus zum Scheibenstand, dem aufgeworfenen Erdwall in dreihundert Metern Entfernung.
Die großen weißen Nummern fallen dir immer wieder auf in der Landschaft, eine Art Freilandlotto, könnte man meinen, bemerkte man nicht die dunklen Einschußgruben, die unter den Blechzahlen liegen.
Im Gebüsch hinter dem Scheibenstand, der meist schon am frühen Mittag wieder im Schatten steht, häufen sich die Bierbüchsen, die Wurstpapiere der Zeigermannschaften, vereinzelt Kondome. Unter den Wellblechabdeckungen lagern die Ordonnanzscheiben. Die kombinierten A- und B-Scheiben, die Tarnscheibe B mit dem grünen Brustbild im gemalten Gebüsch, die Feldscheibe F 5 mit der knienden Figur. Im Gegensatz zu den anderen Scheiben zählen hier nur die Körpertreffer.
Da und dort liegt der Kugelfang als träges, vieläugiges Tier im offenen Feld und grinst in die Blenden, die manchmal vor den Schützenhäusern angebracht sind, um das Darüber- und Danebenschießen möglichst zu verhindern. Meist lehnt sich der Wall aber an einen Hügel oder eine anstei-

gende Waldpartie an. Zwischen Scheibenstand und Schützenhaus wächst Gras. Das Grün des Waldes, der Wiesen, die grauen Blenden beruhigen das Auge des Schützen.

In diesem dreihundert Meter langen und je nach Scheibenzahl verschieden breiten Grasviereck am Rande der besiedelten Gebiete, Randgebiete allerdings, die im Laufe der Zeit mancherorts zu dichtbesiedelten Wohnquartieren mit ausgesparten Schußfeldern geworden sind, finden zwischen April und August die obligatorischen Übungen der Geübten und Ungeübten statt.

Die Wettkämpfe der eigentlichen Schützen, die freiwilligen Übungen und Trainings an klaren Abenden und ganzen Wochenenden, mit geschwärztem Korn und Visier, der Schildmütze mit Seitenblende und der Schießbrille im unkenntlich gewordenen Schützengesicht, belegen sonst das Haus. Auch Handschuhe und Augenwasser fehlen nicht, um den Schuß ins Schwarze im Schwarzen zu lenken.

Schießen verhält sich zum Treffen wie Spielen zum Gewinn, hast du in einer Anleitung für Gefechtsschießen gelesen: Das erste kann jeder, das zweite hingegen kann auf die Dauer nur der Tüchtige. Die erste Sorge des Schützen ist, zu tref-

fen, die zweite, selbst nicht getroffen zu werden. Darin liegt für den Schützen der wesentliche Unterschied zwischen Frieden und Krieg. Schießen ist weder Sport noch Kunst, Schießen ist eine Existenzfrage.
Vermutlich findet deshalb, wiederkehrend wie Heiligabend, das sogenannte Feldschießen der Eidgenossen alljährlich und bei jeder Witterung im Freien vor den Schützenhäusern statt: dieses beliebteste Ritual der Wehrhaftigkeit.
Ein Rest von Pulverdampf, Mannesstärke und Heimatliebe liegt immer in der Luft. Auch wochentags, wenn die Schützenstände verrammelt dahindösen, streicht er um diese vaterländischen Bretter- und Betonfassaden. Sogar im Vorbeifahren nimmst du ihn wahr.
Der Schießlärm erschreckt nur noch die kleinen Kinder im Quartier, und schnell gewöhnen auch sie sich an das Unabwendbare, das Selbstverständliche hierzulande: daß nämlich geschossen werden müsse, wo gelebt werden wolle.
Du stellst das Autoradio an, rechnest damit, daß die falsche Musik aus den Lautsprechern tönen wird und du wieder abstellen mußt. Die Stimme des Ansagers kommt dir im ersten Moment zu vertraut vor, dann gewöhnst du dich an seinen

kollegialen Ton. Ein bißchen beneidest du ihn um seine Fähigkeit, so ungebrochen in diesen späten Vormittag hineinplaudern zu können. Er übersetzt seinen Zuhörern den Text eines italienischen Schlagers:

Du sitzt mit ihr allein auf dem weißen Bett.
Sie mit nichts bekleidet als mit ihrer Haut,
du mit einem Sandwich in der Hand.

Die Stimme des Moderators tönt nah und leicht swingend, als hätte er in seiner Kabine nicht das Mikrophon, sondern diese nackte junge Frau vor sich. Dann singt der Italiener das angekündigte Lied. Sommer ist in seiner Stimme, postkartenblau.

Letto, singt er. Es ist das einzige Wort, das du von seinem Text verstehst. Pane würdest du auch verstehen, aber das kommt im Lied nicht vor.

Dein Vater war Konsumverwalter. Eure Wohnung lag genau über der angebauten Genossenschaftsbäckerei, eine Dienstwohnung. Am Morgen stand der Duft des frischen Brotes in euren Schlafzimmern, süßlich, weich, vermischt mit dem Geruch, der aus zurückgeschlagenen Betten steigt. Im Winter legte die Mutter die weißgewaschene Leibwäsche in den „warmen Kasten“, durch den das Dampfabzugrohr führte. Ein wenig rochen alle immer nach Brot: Pane bianco.

Die Gastarbeiter hatten ihre Stangenbrote gerne hell gebacken. Halb Teig noch, sagte Großvater, der den Fremden nicht traute. Sein Vater war mit der Bourbaki-Armee im Februar 1871 abgezehrt und durchfroren von Frankreich her in die Schweiz gekommen:

Als sie, begleitet von schweizerischen Wachmannschaften, in ihre Quartiere in die Städte und auf dem Lande einzogen, gab es allerhand zu sehen. Aber es war ein trauriger Anblick. Müde und geschlagen wankten die Soldaten daher. Wenige trugen mehr eine ordentliche Uniform. Die roten Hosen und die blauen Mäntel waren zerfetzt und beschmutzt. Der eine hatte statt der Soldatenmütze ein Tuch um den Kopf, der andere statt der Schuhe zusammengeschnürte Lappen um die Füße gebunden.

Aus den bleichen Scharen stachen da und dort Gruppen von Gestalten hervor, die durch ihre braune Gesichtsfarbe und die seltsame Ausrüstung besonders auffielen. Sie trugen Pluderhosen und weite, flatternde Mäntel oder kurze Jäckchen, dazu rote Mützen mit Troddeln. Das waren die Zuaven und Turkos, arabische Hilfsvölker, die man aus den afrikanischen Kolonien herübergeholt hatte.

Ganz schlimm sahen die Pferde aus, ausgehungert und überanstrengt. Manchen fehlten die Schwänze. Man sagte, sie hätten sie einander vor Hunger abgefressen.

Du hast diese Schilderung in deinem Geschichtenbuch immer und immer wieder gelesen und deinen Großvater damit geärgert, der von seinem eigenen Vater nicht viel hielt. Dieser war nach Ablauf der Internierung noch in der Schweiz geblieben, um die geschwängerte Tochter eines Spinnereiarbeiters offiziell zu ehelichen. Er verschwand jedoch noch vor der Geburt seines Sohnes in einer kalten Novembernacht. Dubois, sein Name, war alles, was er ihm zurückgelassen hatte.

Möglich, daß Großvater jeweils daran erinnert wurde, wenn Batista, der ehemalige Abessinienkämpfer, der von Hand die Spatzen zwischen den aufgestapelten Ziegeln fing und ab und zu Leimruten legte, in den Laden trat.

Kommunisten alles, stieß er zwischen seinen kurz gewordenen Zähnen hervor und schien dabei zu vergessen, daß er seinen Kolonialwarenladen immerhin an eine Genossenschaft abgegeben

hatte. Zu einer Zeit, da noch nicht klar war, daß diese Genossenschaft zu einem ganz gewöhnlichen Großverteiler werden würde.
Batista ist dir von allen Kunden am stärksten in Erinnerung geblieben. Du hast ihn jeweils über den Ladentisch hinweg beobachtet und dir sein Leben vorzustellen versucht unter der heißen afrikanischen Sonne. Es war dir zwar in seiner Nähe nie ganz geheuer, aber wohler als unter den anderen Kunden.
Batista mit seinem schwärzlich gesprenkelten Seeräubergesicht. Keine Sommersprossen, Schwarzpulverreste, das Vermächtnis eines päpstlich gesegneten Rohrkrepierers. Die Zahnlücke im ausgedehnten Bartstoppelfeld füllte er mit einem erloschenen *Nazionale*-Stummel aus. Er trug auch sommers Schafwollenes auf der bloßen Haut, sonntags ein Hemd darüber, redete wenig. Und wenn er etwas sagte, tönte es wie ein böser Husten. Vater langte ihm Abend für Abend sein hellgebackenes Stangenbrot über den Glaskorpus, zwei Büchsen Sardinen.
Arrivederci signor, sagte er, bediente ihn besonders freundlich, wenn noch Einheimische auf Bedienung warteten, ungeduldig zu werden drohten oder Großvater während der Stoßzeiten im Laden

aushalf. Ab und zu legte er den Italienern eine Cremeschnitte neben das Brot.

Avanti popolo, sagte Vater, wenn er dich abends ins Bett schickte. Er war es auch gewesen, der Großvater dazu gebracht hatte, sein Lebensmittelgeschäft an die Genossenschaft abzugeben.

Letto, singt der Schlagersänger im Autoradio wieder. Ein Schuß zusätzlicher Heiserkeit liegt in seiner Stimme. Du fährst mit achtzig Stundenkilometern über Land in deinem durchgehockten, grauen Wagen und läßt es dir zunehmend gefallen. Maria, Erstfeld, du denkst in loser Erwartung daran, im Radio geht die ausklingende Schlagermelodie in ein abgedroschenes Evergreen über.

Sonne sticht durch die Frontscheibe. Weiter vorne leuchten wechselweise zwei Rotlichter auf. Ein Einfamilienhausquartier wächst linkerhand in die angebauten Fruchtfelder hinein, ein Durcheinander von Pult-, Flach- und Satteldachbauten mit putzigen Vorgärtchen, die dich an neue Friedhöfe erinnern in ihrer geordneten Trostlosigkeit. Vor einer geschlossenen Bahnschranke hältst du an, stellst den Motor ab.

Keine Züge in Sicht, die Straße vor und hinter dir leer. Alter Staub liegt auf dem Armaturenbrett. Du schaust auf die rot-weiß gestrichenen Schlagbalken und hast einen Augenblick lang das Gefühl, die Zeit laufen zu hören.

Über den Schienen zittert die Luft. Hoher Mittag, Stunde der Gangster, die auf leeren Bahnhöfen herumlungern und den Beamten hinter dem Schalterfenster zum Schwitzen bringen. Im Coltlauf des einen summt eine Fliege.

Langsam nähert sich der Güterzug. Hinter dir sind zwei weitere Wagen aufgefahren. Jenseits der Bahnschranken steht jetzt ein Radfahrer mit kahlem Schädel im gleißenden Licht.

Die entzündete Kopfhaut einer jungen Schauspielerin kommt dir in den Sinn, ihr rotleuchtender Scheitel im blonden Haar, wenn sie den Kopf gegen das Publikum neigte. Und du bist erstaunt über die Nachhaltigkeit dieses einzelnen Bildes. Vom Theaterstück selbst ist dir nur wenig in Erinnerung geblieben:

Ein Paar saß auf einer grün gestrichenen Gartenbank. Es verdeckte mit den Oberkörpern die ins Rückenbrett eingebrannten Initialen des örtlichen Verkehrs- und Verschönerungsvereins. Dahinter zog sich ein enggewirkter Maschendrahtzaun über die Bühne, ließ dich an ein Tiergehege denken.

Die offene Landschaft, die eigentlich zur Bank gehört hätte, befand sich im Zuschauerraum. Ein Gewitter schien in der Luft zu liegen, denn die zwei Leute trugen Plastikregenmäntel, die ihnen bis zu den Fußknöcheln reichten. Dahinter die Hochkamine einer nahen Stadt. Wohnblockquartiere, ein Schnellstraßenviadukt über Schrebergärten.

Irgendwie war es dir im voraus schon klar, daß die beiden in diesen Mänteln nicht zusammen sprechen konnten. Davon handelte das Stück. Von der Notwendigkeit, miteinander zu reden vor diesem grauen Stadthintergrund und angesichts einer Landschaft mit langgezogenen gleichgültigen Hügelzügen.

Fünfzehnmal Armkreisen vorwärts und rückwärts, den Weg in lockerem Laufschritt fortsetzen, konnte man auf einer freundlichblauen Blechtafel hinter der Holzbank lesen. *Vita-Parcours* stand über dem Pfeil, der die Richtung wies.

Als du nach der Vorstellung mit Anna aus dem Theater tratest, lag Schnee. Im gegenüberliegenden Haus erlosch in einem Parterrefenster das Licht. Anna legte dir den Arm um die Schulter, du fuhrst mit der Hand um ihre Hüfte. Es hat sich dort wenig verändert in den Jahren. Vielleicht

müßtest du es ihr wieder einmal sagen, daß du gerne über ihre Hüfte fährst, dachtest du und schwiegst.
Ihr wart beide etwas zu dünn angezogen für diese Jahreszeit. Maria gab es schon. Es wäre dir aber nicht in den Sinn gekommen, sie als zwischen euch stehend zu sehen.
Am nächsten Morgen lag vor der Haustür ein gefrorener Fuchs. Ihr stiegt über ihn hinweg und gingt mit Rosina schlitteln. Niemand erwähnte das tote Tier am Eingang, obwohl es alle drei gesehen hatten.
Bei eurer Rückkehr war es nicht mehr da. Aber der Fleck, auf dem es gelegen hatte, war unvereist geblieben: Es war ein Traum vor dem Aufwachen gewesen.
Als sich die Bahnschranke vor deinem Wagen hebt, fährt deine Hand etwas erschreckt zum Zündschlüssel, und du startest rasanter, als du es sonst gewohnt bist, rollst das graue Asphaltband vor dir auf und wickelst es in deinem Rückspiegel wieder aus.
Auf der Heckscheibe steht noch immer das große *R*, das Rosina vor Tagen in die bräunliche Schmutzschicht geschrieben hat. *R* wie Rosina, die seit ein paar Wochen erst zur Schule geht und in

dieser kurzen Zeit ganz still und matt geworden ist. Du weißt, daß dein Kind jetzt die Angstträume deiner Kinderzeit nahtlos weiterträumt. Im Halbschlaf zählt es die Finger nach, mit denen eine ordentliche Schülerin nicht rechnen darf.
Ihre Hoffnung gilt den Vögeln, die Tag für Tag, benommen oder tot, vor dem verglasten Pausenhof liegenbleiben, daß sie eines schönen Tages, wolkenlos, Mai, die Scheiben durchbrechen und der Lehrerin die Augen aushacken werden.

Dubois schiebt mit den Beinen die Bettdecke zurück. Er sucht nach weiteren Sätzen für seine Tochter und findet keine. Darauf sind beide, Anna und er, zu wenig vorbereitet gewesen, daß sich an ihrem Kinde noch einmal alles wiederholen soll: das Kleinmachen und Einüben der Lustlosigkeit, Kadavergehorsam, die Riten der Angst.

3

Vor einem älteren Haus eingangs des nächsten Dorfes siehst du auf dem gewischten Vorplatz den schwarzen Kombiwagen des regionalen Krematoriums stehen. Du verlangsamst deine Fahrt unwillkürlich, als lauerte eine Polizeistreife am rechten Straßenrand. Ein Sargträger in der dunkelgrauen Arbeitsschürze tritt mit dem Rücken voran aus dem Haus. Goldglänzende Beschläge auf dem dunkel gemaserten Holz.
Die holen früh ab heute, denkst du, stehst schon mitten im schonungslosen Regen an jenem kalten Februarvormittag. Mutters Beerdigung. Ruppige Windstöße, die über die streng ausgerichteten Gräberreihen hinwegschossen und alle Worte des Pfarrers zu widerlegen schienen, einem die feuchten Hosenbeine um die Waden schlugen:

Leben wir, so leben wir dem Herrn,
sterben wir, so sterben wir dem Herrn.
Darum wir leben oder wir sterben,
so sind wir des Herrn.
Amen.

Die ungeschliffenen Steine in den langen Reihen

sogen das Regenwasser auf. Die Marmorblöcke dazwischen glänzten schwarz. Mutter hätte sich darin spiegeln können wie in den polierten Möbeln mittwochs und samstags, wenn sie die ganze Wohnung saubermachte, obwohl nie jemand Staub entdeckt hatte auf ihrem Nußbaumbuffet oder die Fingerabdrücke von Menschen.
Wenn wir es schon nicht lustig haben können, so soll es wenigstens sauber sein bei uns, wird sie sich wahrscheinlich gedacht haben dabei. Und sie rieb an ihren Küchen- und Badezimmerarmaturen, bis das Messing golden durch die dünne Verchromung schien. Gnadenlos.
Dennoch wehrtest du dich dagegen, als jemand aus deiner Verwandtschaft *Ihr Leben war Liebe und treue Pflichterfüllung* auf die Todesanzeige setzen wollte. Ihr Leben war über weite Strecken ein Krampf gewesen, von dem sie sich nur selten befreien konnte.
Dienen und dulden wäre als Leitspruch vermutlich richtiger gewesen.
Und auch falsch.
Es war jedenfalls das, was man ihr von früh auf an Bleibendem mitgegeben hatte, als sie hinter dem breiten Rücken ihres Vaters wortlos den großen Grasrechen über die frischgemähten Wie-

sen zog, morgens oder abends, und nie mit ihm Schritt halten konnte.
Mädchen nannte er sie. Er hatte lauter abschüssiges Land in Pacht. Aber es war immer genug zu essen auf dem Tisch.
Einige Jahre später stand sie dann in fremden Diensten an der Durchreiche zu einer geräumigen Bürgerküche, ein manierliches Spitzenhäubchen auf dem dunklen, vollen Haar.
Sie hatte für die Herrschaften ein Gedeck zu wenig aufgelegt. Der Hausherr schöpfte sich schweigend einen Berg Teigwaren auf das weiße, gestärkte Tischtuch, goß mit Verachtung Tomatensauce nach: Spaghetti Bolognese.
So hatte Mutter das Leben gelehrt. Für ihre Herrschaft wäre sie auch später noch durch jedes Feuer gegangen. Es stand ihr kein anderes Urteil zu.

Dubois sieht sich in seinem schmalen Zimmer liegen, Notfallstation Chirurgie, zwei Stockwerke tiefer, als Mutter ein gutes Jahr zuvor gelegen hat in ihrer Intensivstation mit den Wänden aus Glas. Sein Blick geht auf die andere Parkseite hinaus. In den goldbraunen Scheiben des Neubaus spiegelt sich wolkenloser Ockerhimmel. Wenn er sich aufrichtet, kann er am Rande des großen Areals den Dampf, der aus der Wäscherei kommt, aufsteigen sehen. Mutters ausgelaugte Hände nach einem Großwaschtag.

Über der dichten Thujahecke leuchtete jenseits des Friedhofs die gelbe Shellmuschel einer neugebauten Tankstelle in den grauen Tag hinein.
Die meisten Leute trugen ihre Wintersachen, dunkle Mäntel und unter den Schirmen die ernsten Gesichter. Sie standen weit in die anderen Gräberreihen hinein um Mutters aufgeworfenes Grab herum.
Eine Maschine der eidgenössischen Landesvermessung mit orange leuchtendem Heck flog langsam über das Dorf. Unter dem Motorenlärm war der Pfarrer eine Weile lang nicht mehr zu hören. Du bemerktest, wie Vater kurz in die Luft schaute und seinen Blick wieder auf den Boden senkte, wo Mutters Sarg zwischen den weißen Gewächshausblumen stand. Die spitzen Absätze deiner Schwester steckten zur Hälfte in der weichen Erde. Sie versuchte sich am Arm ihres aufrechten Mannes im Gleichgewicht zu halten, ohne die Hände aus dem Pelzmuff zu ziehen.

Während der Pfarrer weiterredete, stelltest du dir Mutters Namen in eiserner Schrift auf einem der benachbarten Steine vor: *Agnes Dubois-Kern.* Du hattest Mühe, sie hinter diesen hervorstechenden Buchstaben zu erkennen. Ihre Handschrift war dir lieb gewesen.

Anstatt zu weinen, hast du damals an Mutters Grab geschwitzt. Schwitzen sei gesund, hat sie zu Lebzeiten immer wieder beteuert, wenn es dich störte, daß deine Stirn allzu oft unangenehm glänzte.

Wer nicht schwitzen könne, behalte alle Krankheiten im Körper zurück, sagte sie jeweils. Ihr Vater habe auch immer geschwitzt und sei nur deshalb nie krank geworden.

Du hast es also von ihr geerbt, daß du leicht ins Schwitzen gerätst. Vor Anstrengung, oder wenn dir nicht ganz wohl ist irgendwo. Unter halbfremden Leuten zum Beispiel, bei Anlässen mit Zwangsbeteiligung, im Blitzlicht von Gruppenaufnahmen.

Über der Oberlippe fängt es jeweils an, zieht sich den Schläfen entlang hoch unter die Haare, wo die Kopfhaut langsam aufzublättern beginnt, als ob sich die Fontanelle wieder öffnen würde. Meist dauert es länger, als du erwartest, bis sich der

erste Schweißtropfen löst, dem Ohr entlang zögernd in den Kragen rinnt.
Wie schnell dann die Erhitzung zum Frösteln werden kann, wußte Mutter auch. Ständig drohen einem auf diese Weise neue Erkältungen, die wiederum aus dem Leib zu schwitzen sind. Mutter ging selbst im Hochsommer nie ohne Jackett aus dem Haus und litt dann erst recht unter der Hitze.
So kam es eigentlich nie dazu, daß es ihr, auch an heiteren Tagen, irgendwo wohl gewesen wäre. Und ihre Depressionen vermochte sie nicht mehr aus sich herauszuschwitzen. Sie fraßen ihr im Lauf der Jahre langsam ein Loch in den Bauch.
Immer öfter spürte sie Galle im Mund und schickte sich drein, stürzte sich erneut in ihre geblümte Ärmelschürze, um Wäsche zu kochen, Staub zu wischen, das Leben zu fristen.
Ich bin nicht für lustig so geworden, sagte sie manchmal leise vor sich hin, wenn sie den schweren Blocher durch den spärlich beleuchteten Korridor schob oder sich mit letzter Kraft über die aufgeschüttelten Bettdecken bog. Im Radio kommentierte ein Herr mit einfühlsamer belegter Stimme das Wunschkonzert für die Kranken. Es war ihre liebste Sendung. Die Kinder gingen auf

Zehenspitzen durchs Haus und schlugen die Tür ins Schloß, wenn sie ins Freie traten.
Anstatt zu lachen, weinte sie meistens, auch wenn keine Tränen zu sehen waren. Manchmal spürst du noch heute eine ohnmächtige Wut und das dazugehörige schlechte Gewissen, wenn du unbeschwert bist oder Rosina durch das Haus trällern hörst.

Aber an diesem feuchtkalten Vormittag kam dir Mutter sehr abwesend vor, und du fandest das vornehm von ihr. Es war, als ob sie noch einmal ihre hellgrauen Wildlederhandschuhe getragen hätte, den feinen Tüllschleier vor dem geschminkten Gesicht, die Handtasche mit dem vergoldeten Schloß.
Ihr sorgfältiger Gang auf den ungewohnt spitzen Absätzen, als balancierte sie über ein hohes Seil: Sie kam an diesem Tag von einer anderen Seite her auf sich selber zu.
Ihr ginget zusammen in die Stadt. Mutter lieh dir den Arm. In den großflächigen Schaufenstern der Geschäfte, vor denen ihr immer wieder Halt machtet, sahst du dich neben einer schönen Frau stehen, die deine Mutter war. Du atmetest ihr Par-

fum ein, das sie sich erst im Zugabteil hinter die schmalen Ohrläppchen, in die Ellbogenkehlen gestrichen hatte, und warst halb benommen von diesem wunderbaren Duft. Ungefähr so stelltest du dir das Fahren auf einer Wolke vor.
Das dunkle Rot ihrer Lippen hast du seither bei keiner anderen Frau entdeckt. Und die nachgezogenen Augenbrauen ließen für einige Stunden keine Mißverständnisse mehr zu. Vaters schwarze Perle steckte an ihrem Revers.
Du erinnerst dich an ein Gefühl von absoluter Unantastbarkeit, in die auch du mit einbezogen warst. Als ihr später zusammen in einem Kaffeehaus saßt, sagte der Kellner Madame zu ihr, und sie bestellte, ohne rot zu werden, zwei Erdbeertörtchen, für dich Orangensaft, eine Schale Kaffee, zog den linken Handschuh den ganzen Nachmittag lang nicht aus. Das muß zweiundfünfzig gewesen sein, ein klarer Tag. Du warst damals sieben.
An anderen Tischen saßen andere Frauen bei Tee und Kaffee, hinter Schlagsahnebergen. Es kam dir vor, als rollten sie beim Reden ständig die Augen. Die kleinen Finger standen steil vom Dessertlöffel ab. Aber außer Mutter befand sich an diesem Nachmittag niemand im Tea Room, der stark genug gewesen wäre, sich den Buttercremebergen

entgegenzustellen oder sich einmal gründlich an den Confiserien zu vergehen.

Diese vornehme Reserviertheit und Entschlossenheit der Welt gegenüber, die du an jenem Nachmittag an ihr so sehr bewundert hast, gelang ihr im Laufe ihres Lebens nur selten. Deshalb fandest du es schön, daß sie zu ihrem eigenen Begräbnis wieder so entschieden Distanz nahm, während die Verwandten und Bekannten andächtig um ihren hellen Sarg herumstanden.

Wie willig sie sich vom Pfarrer den Tod erklären ließen. Jede Redensart war ihnen recht. Und niemand nahm seine Sätze persönlich:

Lasset die Toten die Toten begraben!

Bei einzelnen Leuten meintest du sogar ein leises Nicken wahrzunehmen bei jedem geläufigen Bibelzitat. Der Regen war unterdessen in nasses, flockiges Schneetreiben übergegangen.

Auch du sahst dich ohne Mutters Anwesenheit immer hoffnungsloser dem Troste des Pfarrers ausgesetzt, der als einziger barhaupt und ohne Schirm im Wetter stand und seinen Beruf ausübte.

It's a hard work, mußtest du denken, als du das Wasser so über sein bleiches Gesicht rinnen sahst. Manchmal sprichst du in dieser fremden Sprache

mit dir selber. Die Distanz zu den ungewohnteren Wörtern stellt eine Art von Unwirklichkeit her, die dir nie zu nahe tritt.
Der Pfarrer im nassen Talar schien den schweigenden Zuhörern die versteckte Wut über seine mißliche Lage gründlich zurückzahlen zu wollen, indem er der Trauergemeinde ständig mit ihrer eigenen Sterblichkeit drohte:

Dies aber sage ich, ihr Brüder,
daß Fleisch und Blut
das Reich Gottes nicht ererben kann,
auch die Verweslichkeit
die Unverweslichkeit nicht ererbt ...

Sterben statt leben also.
Aber vorher wenigstens noch das Leichenmahl halten, den Trosthappen kauen, ein schöner Brauch. Weiße Tischtücher, weiße Servietten, das Besteck für drei Gänge, ein kleines, ein großes Glas. Die Bedienung auf Trauergäste gestimmt.
Durch die Faltwand an der Stirnseite des kleinen Saales tönten die Bässe der Musikbox, dünnes Gelächter. Im verglasten Trophäenschrank des Turnvereins war ein Lorbeerkranz vom Nagel gerutscht.

Die Kartoffeln wären Mutter vermutlich zu fett gewesen. Sie hätte danach wieder eine ihrer Koliken bekommen, das gelbe Gesicht. Wahrscheinlich wäre ihr ein ranziger Geschmack bis in den Morgen hinein aufgestoßen, wenn sie dabeigewesen wäre, eine schlaflose Nacht.
Der Rotwein hingegen war recht, reichlich das Fleisch. Das Gemüse vielleicht um eine Spur zu weich. Aber für ihr Essen hätte sie sich dennoch nicht zu schämen gebraucht.
Nur ihr Kuchen, ihr Kuchen fehlte.
Daß sie nach der Zeremonie im Freien auch das Eintreten in den Löwensaal, wo genügend Gedecke aufgetragen waren, konsequent verweigerte, fandest du stark. Ein Gefühl von unverhoffter Solidarität, die du nicht mehr für möglich gehalten hattest, blitzte zwischen dir und deiner Mutter auf.
Der Saal füllte sich langsam den Wänden entlang. Aber auch nachdem man die Gläser längst erhoben hatte, die Suppe abgetragen war, wollte niemandem eine erlösende Anekdote über die Verstorbene einfallen: Mutter war einfach nicht da.
So konnte die richtige Gemütlichkeit, wie sie an den langen Tischen entfernter Blutsverwandter

bei solchen Gelegenheiten jeweils entsteht, nicht aufkommen.

Ansatzweisem Trost wichst du hartnäckig aus, drücktest dein Gefühl von Mutters Abwesenheit durch polternde Abweisung aus. Es war alles, was du für sie tun konntest, eine Art von unbeholfener, verspäteter Treue. Ab und zu tönte dein trockenes Lachen zu laut durch den Saal. Aber die strafenden Blicke deiner Schwester erreichten dich nicht. Man aß, redete leise, war froh um das Besteck in der Hand.

Nach dem schwarzen Kaffee verlief sich die Trauergemeinde auffallend rasch. Unter einem Tisch blieb ein grauer Seidenschal mit schwarzem Muster liegen, den niemand mehr abholen kam.

Draußen regnete es unablässig an die hohen Fensterscheiben. Das Servierpersonal begann die letzten Schüsseln und Gedecke abzutragen. Vater bat um die Rechnung.

Du bliebst mit ihm allein am oberen Tischende zurück. Eine Weile lang kam es euch ungehörig vor, daß ihr zusammen Cognac trankt. Es war ein untauglicher Versuch, Mutter an diesem Tag doch noch näher heranzuholen, ihre Abgewandtheit in Zuwendung zu verwandeln, deren sie selbst nicht nur damals so sehr bedurft hätte, als sie kurz vor ihrer Einweisung ins Krankenhaus ohne euer Wissen eine neue Polstergruppe bestellte, weicher Velours anstelle des abgewetzten Manchesterzeugs, wie sie ihre Fauteuils manchmal bezeichnet hatte.

Am Vorabend der Beerdigung waren die Möbel auf den Termin geliefert worden. Vater saß zwischen den neuen Stühlen und las die eingegangenen Beileidskarten, sein schwarzer Anzug mit dem dazugehörenden weißen Hemd lag auf der alten Couch bereit.

Beim Cognac holte Vater ein altes Foto aus seiner Brieftasche hervor. Ihr beugtet euch über das Bild einer jungen Frau mit hochgestecktem Haar, dem hellen Glanz des Kunstlichts in den weit aufgeschlagenen Augen. Er hatte das Bild seiner Frau in all den Jahren nie durch ein neues ersetzt.

Kurz vor der Heirat, sagte Vater in sich gekehrt, lächelte leise. Für dich blieb es an diesem Tag aber bei Mutters konsequenter Verweigerung, erinnerte dich an die letzten Tage vor ihrem endgültigen Sterben, vor dem Koma, als sie noch Atem hatte und offene Augen.

Als sie, nachdem man sie schon zum dritten Mal totgesagt hatte, wieder zu sich kam, aufrecht in den Kissen lag, als stünde sie in ihrem Bett, um den wundgescheuerten Rücken eine Zeit lang nicht mehr spüren zu müssen und kundzutun, daß sie diesmal etwas vorhatte, von dem sie sich nicht würde abbringen lassen.

Vor dem Fenster lag dürftiger Schnee. Der Luftbefeuchter blies eine weiße Rauchfahne vor ihren ausgetrockneten Mund. Die Haut ihrer Hände war aus Papier. Unruhig zuckten die Herzkurven über den kleinen Fernsehschirm neben ihrem Bett. Die Infusionen tropften gleichmäßig.

Du tratest vorsichtig an Mutters Bett heran. Kaum standest du neben ihr, öffnete sie die Augen und schlug dir ohne Umschweife die Flucht aus dem Krankenhaus vor.

Sie hätte deine Hilfe dazu benötigt, dringend, du weißt es, damit dieser ungeheure Schmerz, der ihr Leben gewesen war, endlich aufgehört hätte. Aber dir fehlte an diesem entscheidenden Punkt der Mut, sie hinauszugeleiten.

Du machtest sie auf die angehängten Flaschen aufmerksam, die geschwächten Beine, den hohen Puls und kamst dir im Grunde nicht gut vor mit deinen fadenscheinigen Argumenten, dem dürftigen Zuspruch über die enggeflochtenen Seitennetze ihres Krankenbettes hinweg.

Laß sein, sagte sie schließlich, hörte auf zu insistieren und schaute an deinem Gesicht vorbei an die weißliche Decke der Intensivstation.
Du hattest sie noch nie so entschlossen und so renitent erlebt wie an diesem grauen Februarvormittag, warst nicht darauf vorbereitet, daß sie mit ihrer ausgiebigen Absterbenserfahrung noch zu einer späten und letzten Revolte ansetzen könnte, und versagtest.
Ihr hattet euch nach der Operation keine Illusionen gemacht und bald einmal begriffen, schwankend zwischen Wut und Resignation und Traurigkeit, daß es wahrscheinlich, wie es sich für Mutters Leben gehörte, mit ihr bachab gehen würde, meerwärts, in die große, graue Ebene hinaus, die sie manchmal undeutlich vor sich liegen sah hinter ihrem Morphiumvorhang, wenn sie nach Schwester Susanne verlangte, um ihr die letzte, beharrliche Frage noch einmal zu stellen:
Kommen Sie mit mir ans Meer, Fräulein?
Außer dieser Schwester hatte am Schluß niemand mehr Zugang zu ihr. Sie hatte uns aufgegeben.

Liebe Mutter, seit ich dich so entschieden daliegen sah mit deiner Blässe unterhalb des Haaransatzes

und um die Nasenspitze herum, den geschlossenen Augen.
Ohne Anstrengung im Gesicht.
Keinen Schweiß auf der Stirn.
Davongemacht mit der unbeweglichen, gelben Orchidee zwischen den klamm werdenden Fingern.
Warm noch deine runden, nicht alten Schultern, auf die ich wahrscheinlich zu selten meine Hand gelegt habe. Seither, Mutter, versuche ich mein Leben so rigoros weiterzutreiben, wie es mir möglich ist. Und wie du es erst sterbend gelebt hast, sagt Dubois ins Diktiergerät.

4

Hinter den Obstbäumen taucht die nächste Ortschaft auf. *Muri (AG)* liest du auf der blauweißen Ortstafel am Dorfeingang. Der Name ist dir nicht fremd. Du schaltest in den dritten Gang, hältst dich an die Geschwindigkeitsvorschriften.

Von rechts her schiebt sich breit die Klosterkirche ins Bild, die drei Turmspitzen und die Kuppel, dahinter die Gebäude der kantonalen Pflegeanstalt für gebrechliche und betagte Leute. Alter Baumbestand zieht sich zwischen der Durchgangsstraße und den langgezogenen Häusern mit den kleinen Fenstern hin.

Die Gegend ist auch heute noch vorwiegend katholisch. Du meinst es einer Gruppe von Frauen, die vor der Bäckerei zusammensteht, anzusehen, würdest aber in Verlegenheit geraten, wenn man dich nach Merkmalen fragte.

1841 wurden die aargauischen Klöster als Horte des Konservativismus und der Staatsfeindlichkeit auf Antrag eines fortschrittlichen Einheimischen aufgehoben.

1847, im Jahr des Sonderbundkrieges, wurden die Konservativen im Lande dann zum letzten Mal ernstlich bedrängt, da sich die damals noch

fortschrittlichen, liberalen Kräfte im Lauf der Zeit wie fast überall zunehmend in politischer Rückständigkeit einzurichten begannen.
Die Klöster wurden in Armen-, Irren-, Pflege- und Lehranstalten umgewandelt. Die Geistlichen flohen in großer Zahl Richtung Innerschweiz. Möglich, daß das Küchenpersonal blieb.

Von seinem Leben als Seminarist in den ehemaligen Mönchsklausen und Gemeinschaftsräumen, den Säulenhallen und Pianozellen, den bizepsfördernden Folterkammern mit der altgedienten Kraftmaschine – Mens sana in corpore sano –, wäre in diesem Zusammenhang einmal zu erzählen, nimmt sich Dubois vor, rückt sich in seinem verstellbaren Bett zurecht.
Der Alpaufzug hängt als schwarzer Fleck an der grünlichen Wand. Es ist dunkel geworden im Zimmer. Aber Dubois benötigt vorläufig kein Licht. Er spürt, wie es ihn reizt, noch vor dem nächsten Kontrollgang der Schwester diesen Klosterstoff rasch zu skizzieren, einzufahren mit ein paar bösen Sätzen, die ihm schon seit Jahren im Halse stecken, sozusagen en passant am humanistischen Furnier seiner Seminarzeit zu kratzen, ein wenig

zu lästern und zu lüstern. Vor Erfindungen nicht zurückschrecken:

Du müßtest das Lehrerseminar beschreiben als einen Ort, der sich erst gegen den Schluß des Textes, bei den Feierlichkeiten zur Patentübergabe an die erwartungsvolle Junglehrerschar, als Lehranstalt entpuppt. Die Festreden als Gegenpart zu dem konzipieren, was für dich tatsächlich stattgefunden hat während deiner pädagogischen Ausbildung.

Vom Chorsingen für die gebrochenen Stimmen im hohen Orgelsaal müßte die Rede sein, von den Zwittermessen zwischen den Barockengeln im alten Kirchentrakt, den Langstreckenläufen im Karree der lädierten Kreuzgangpiste, von den nächtlichen Tauf- und Strafritualen in den gelblich geplättelten Waschanlagen unter dem Zepter erfahrener Kommilitonen und Wache schiebender Jungburschengeschwader.

Vom engen Beisammenstehen der Zöglinge im unnachgiebigen Kopfsteinpflasterhof nach den Torturen in darstellender Geometrie und den jämmerlichen Flügelleiden in den Musikzellen der Unmusikalischen wäre nötigenfalls in grego-

rianischer Manier zu singen. Vom Gießen der Nachschlüssel für die hohen schmiedeeisernen Gittertore, von den geheimen Expeditionen zu den Grottenbezirken im eingedunkelten Park und den unterirdischen Bibliotheksräumen mit den durchgebogenen Krummsäulen, den verstaubten Folianten auf den hintersten Gestellen, vom Speisträgergeklapper, dem schwarzen Lebergericht donnerstags und dem erlaubten Geflüster unterm sternenbestickten Gewölbe des kärglich möblierten Parlatoriums wäre zu erzählen.
Vom nächtlichen Gekreisch und Gekicher der Küchenmädchen im abgeriegelten Nordflügeltrakt müßtest du zeugen, wenn sie einander nach zweiundzwanzig Uhr unter die Röcke und frisch gebügelten Nachthemden griffen und in den finsteren Knabenzellen leise das Onanieren begann.
Versuch 114: Euphorbiacaeen, Wolfsmilchgewächse. Jede platzende Frucht erzeugte einen kleinen Knall, und die Samen kollerten über die Kante des Fenstersimses auf den gebohnerten Riemenboden.
Aber vor allem wäre die Methodik der Schlachtenschilderung zu memorieren, Morgarten, Sempach, Näfels, Nancy und das saubere Aufschlitzen der Regenwürmer nach einem ausgiebigen Land-

regen, zu wissenschaftlichen Zwecken, klassenweise, das Sezieren des Kuhauges in einer frühen Nachmittagsstunde. Um das Freilegen des unversehrten Glaskörpers müßte es auch diesmal wieder gehen, unbedingt.

Und um es nicht zu vergessen: Das leise Geflenn gezüchtigter Übungskinder aus den hinteren Pestalozziräumen des erweiterten Notschultrakts sollte an dieser Stelle einmal gründlich und mit allen verfügbaren Zungen besprochen werden.

Eine präzise Nachzeichnung des Ginkgoblattes mit der zusammengewachsenen Nadelhand, der ungestüme Aufbruch der Gladiolenkolonnen im hinteren Klostergarten und das minutiöse Ausmessen der Totenbeete für die fleckig gewordenen Riesenkarpfen aus dem Anstaltsteich dürften nicht fehlen, so wenig wie das Einüben des Salto mortale im mürben Lederhalfter, das mannhafte Frieren mit vorgeschobener Brust und zusammengebissenen Zähnen am Rande des herbstlichen Nichtschwimmerbeckens.

Die endlosen Monologe der innerklösterlichen Historiker mit den bleichen Fuchtelhänden und den spiegelnden Hosenböden wären im Wortlaut zu repetieren. Ihr vergilbender Manuskriptvorsprung auf die gesamte menschliche Nachkommenschaft, ihre trostlosen Bilanzen gesellschaftlicher Unveränderbarkeit: Seid kritisch gegenüber den Kritischen, dann kommt es schon recht!

Zum Endsingen der Atonalen und zur Barrennummer der Zerebralen mit ihren Vorängsten und Fallträumen, den Holmensplittern im Hinterkopf und den verscherzten Quinten zwischen vibrierenden Stimmgabelenden wäre für einmal in Moll und geschlossen anzutreten.

Und das geheime Totmacherspiel der Amateurzölibatäre hinter den grünen, verriegelten Zimmertüren müßte ein letztes Mal gespielt und bis zur Bewußtlosigkeit nachempfunden werden:

Dieses pricklige Gefühl den Rücken hoch, wenn einer hinter verdrehten Augäpfeln nicht mehr zu Atem kommen wollte und dann nach einigem Zureden und Armehochhalten doch wieder kam, langsam, von weit her, geblendet vom Licht, das ihm durch das kleine Zellenfenster entgegenschlug. Den Schottenschal, der ihm den Atem genommen hatte, noch um den Hals geschlungen, hielt er bereits Ausschau nach einem neuen, von ihm zu bezeichnenden Opfer aus dem Kreise der Umstehenden.

Davon hättest du im mindesten zu berichten, bevor du endlich vom Einbruch der Mädchenscharen um den elften Juni herum, vom Barnabas-Tag erzählen dürftest, vom Aufgebot zum nachtlangen Tanz in den Gärkellern und Tropfsteinhöhlen der alten Abtei.

Stalagmiten und Stalaktiten,
Titten und Falten,
Wuschelhaar.
Einmal im Jahr der wahrhaftige Unterricht vor der Natur:
Anna in ihrem siebzehnten Jahr.

5

Er habe nichts nötig, sagt Dubois, als Schwester Barbara zu ihrer letzten Kontrolle vor dem Schichtwechsel eintritt. Es geht gegen zweiundzwanzig Uhr. Die Messungen zeigen dasselbe Bild wie zwei Stunden zuvor.

Dubois nimmt von den Fingerlingen, den Verbandstoffbehältern, den Spritzen und Desinfektionsmitteln, der Atemmaske und den bereitstehenden Reagenzgläserbatterien auf dem kleinen Metalltischchen neben dem Lavabo bewußt keine Notiz.

Weiterreisen, denkt er und verspürt zunehmend Lust zu rauchen.

Über dem nächtlichen Spitalareal meint er einen Helikopter näherkommen zu hören. Er steht auf, tritt auf etwas zittrigen Beinen ans Fenster und öffnet den rechten Flügel. Er stellt sich den landenden Helikopter direkt vor seinem Zimmer vor, den Lärm, die Lichter, herbeieilende, geduckte Helfer, das langsame Auslaufen der Rotorblätter. Er möchte ein Knabe sein, um die Landung richtig zu erleben, tritt ins Zimmer zurück und sucht in der Jacke über dem Stuhl nach den Zigaretten.

Nach den ersten zwei Zügen am offenen Fenster muß er sich auf den Sims stützen. Leichte Schwindel drehen sich durch ihn hindurch. Nachher ist es wieder das alte Gefühl.

Eine schwere, viermotorige Maschine ist in der Luft. Langsam ziehen ihre blinkenden Positionslichter über den finsteren Park. Grillen zirpen.

Die alten Brummer sind selten geworden. Dubois mag den dunklen Ton ihrer Motoren. Sein Vater würde ihm jetzt die genaue Typenbezeichnung sagen können. Er wäre lieber Bordmechaniker geworden als Konsumverwalter, las *Flug nach Arras* von Saint-Exupéry immer wieder. *Südkurier. Die Stadt in der Wüste. Nachtflug* wußte er stellenweise auswendig: Es gibt keine endgültige Rückkehr der Flugzeuge, zitierte er manchmal, und niemand in der Familie hätte ihm zu widersprechen vermocht. Er betrieb eine Art von innerer Fliegerei.

Im Vorwort zu einem von Vaters Büchern hat Dubois vor Jahren eine doppelt unterstrichene Stelle gefunden: *... daß das Glück des Menschen nicht in seiner Freiheit besteht, sondern in seiner Hingabe an eine Pflicht.*

Dubois hat sich den Satz gemerkt, stellt er fest, aber es ist Vaters Satz geblieben. Für sich selber hat er eine andere Stelle aus dem Buch in Erin-

nerung behalten: *Jede Sekunde nimmt etwas mit sich fort.*
Nach einem tiefen Zug drückt er die abgerauchte Zigarette auf der Unterseite des Granitsimses aus, läßt den Stummel ins Gras fallen, schließt den Fensterflügel und legt sich wieder in sein Bett zurück. Das Kissen ist unterdessen kühl geworden. Die Füße suchen nach der warmen Stelle.
Ein wenig freut es ihn, daß er sich dem strikten Aufstehverbot des Arztes ein paar Minuten lang widersetzt hat. Es gehört zu seinem stärker werdenden Gefühl, noch intakt zu sein; mehr braucht er im Augenblick nicht.
Das Licht der kurzstieligen Bogenlampe fällt grell auf die Glasplatte des Nachttischchens. Dubois läßt seinen Blick die Zimmerwände entlanggleiten. Die Unebenheiten im feinen Abrieb sind ihm vorher nicht aufgefallen. Jetzt nimmt er sie wie eine Landschaft wahr: Weite Talschaften, Hügelzüge, von Fliegen hinterlassene Triangulationspunkte, Runsen. Im groben Vorhangstoff hat sich ein pelziger Nachtfalter verfangen. Mühsam kämpft er sich aus den Maschen, stürzt auf den Fenstersims zurück und bleibt einen Augenblick lang reglos auf dem Rücken liegen.
Bevor Dubois weiterdiktiert, sucht er auf seiner

rechten Bettseite nach dem beweglichen Schwanenhals mit dem kleinen Schaltpültchen, um seinen Kopfteil höher zu stellen. Er läßt den Oberkörper langsam in die Vertikale fahren und wieder zurückgleiten, wiederholt das Spiel noch zwei-, dreimal.

Im Korridor hört er eine Frau undeutlich reden, versteht aber nicht, was sie sagt. Dann schreit sie. Ein paar leisere Stimmen legen sich sofort beschwichtigend über den Schrei, tragen ihn fort.

Wenn ich jetzt aus meinem kleinen Zimmer träte, muß Dubois denken, und in die Augen eines kranken Menschen auf einem dieser hochräderigen Schiebkarren sähe, bräche vermutlich mein ganzer, nachtlanger Diktierspuk wie ein Kartenhaus in sich zusammen. Und ich würde die verbleibende Zeit bis zum Morgen mit dem Löschen meiner besprochenen Tonbandkassetten verbringen: Das leise Rauschen im Gerät als die einzig mögliche Antwort auf die lauernde Hinfälligkeit vor und hinter meiner Tür.

Aber Dubois hat sich für die Arroganz des Abgekapselten entschieden, für den Widerstand des Umstellten, und flüchtet im selben Moment, wie er sie denkt, vor diesen hochgestochenen

Erklärungen, sucht nach der Urinflasche im Zwischenfach seines Nachttischchens und spürt nach einer Weile, wie es warm durch den Glashals in seiner linken Hand rinnt.

Ausweichen, murmelt er leise vor sich hin, nachdem er zuerst ein Stück zurückgespult und sich in schlechter Tonqualität die unmittelbar vorangegangenen Sätze hat sagen hören.
Du hast die tote Katze auf dem Schachtdeckel liegen sehen, ihre linke Vorderpfote wie zu einer zärtlichen Umarmung auf den grauen Stellriemen gelegt. Unter ihrer Nase steht Blut.
Die Straßenränder in dieser Gegend sind noch naß vom Regen, der wieder aufgehört hat, wie er losgebrochen ist, plötzlich. Aus einer Seitenstraße biegt ein offener Wagen in die Durchgangsstraße ein, fährt dir entgegen. Die Jacke der Fahrerin glänzt in der Sonne. Über dein Knie läuft wieder die blauschillernde Fliege, die du schon seit einiger Zeit im Wagen hast.
Möglich, daß Rüegger damals eine Fliege abwehrte, nachdem er am Sonntagmorgen mit der rothaarigen Gabriela durchs Dorf gefahren war, geht dir unvermittelt durch den Kopf.

Die rechte Hand am Steuer, die linke um Gabrielas Schulter gelegt, brachte Rüegger regelmäßig die Kirchgänger zum Stolpern. Aber erst außerorts drehte er jeweils auf, daß man es bis ins Dorf hinein hören konnte.
Er fuhr ein schwarzes Cabriolet mit Speichenrädern und runden Armaturen, die in dunkel gemasertes Holz eingelassen waren. Und Gabrielas Haar züngelte wie Feuer aus dem offenen Wagendach. Rüegger trug seine cremefarbene Fliegerhaube aus leichtem Stoff.
Er müßte heute ungefähr fünfzig sein. Vielleicht würde er ein Einfamilienhaus bewohnen, hätte einen erwachsenen Sohn, zwei Töchter, einen neuen Wagen, einen Hund, silberne Hochzeit. Er wäre Besitzer eines mittleren Werbebüros mit einer zufriedenen Stammkundschaft im Rücken und gleitender Arbeitszeit für die Angestellten – obwohl man ihm all das Ende der fünfziger Jahre nicht zugetraut hätte.
Rüegger wohnte damals noch zeitweise bei seiner Mutter. Er ist wieder aufgetaucht, hieß es, wenn er im Dorf war. Hin und wieder kam er einkaufen mit seinem MG. Zucchetti, Brot, ein langes, hellgebackenes Halbweißbrot, Ravioli. Seine Mutter war gebürtige Norditalienerin, eine der schnell-

sten Stumpenmacherinnen in der Gegend. Sie sprach unsere Mundart fast ohne Akzent.
Aber wenn Rüegger in den Konsum trat, verstummten die Gespräche der übrigen Kunden regelmäßig. Das Elektroaggregat der neuen Tiefkühltruhe setzte sich von selber in Gang, tuckerte leise. Rüegger trug sein schwarzes Haar so lang, daß es auf dem Kragen seines Kapuzenmantels mit dem ungewohnten Klöppelverschluß aufstand. Den langen, roten Wollschal hatte er lässig über seine linke Schulter zurückgeworfen.
Heute will dir scheinen, sein Gesicht habe etwas Trauriges an sich gehabt und seine hellgrauen Augen hätten manchmal durch die Spezereien und Brotgestelle hindurchgeschaut. Aber man nannte ihn damals blasiert, weil er kaum lachte. Unter seinem großen Schnurrbart sah man die Bewegungen der Lippen nicht einmal, wenn er sprach. Man vertrug es schlecht, daß er es einem so schwer machte.
Rüegger rauchte dicke, maisgelbe Zigaretten, die ihm Zeige- und Mittelfinger der linken Hand braun gefärbt hatten. Anstelle einer Schweizer Armbanduhr trug er eine grobe, silberne Kette an seinem Handgelenk. Auf dem dazugehörenden Namensschild war *Nichts* eingraviert.

Seine Mutter tut einem nur leid, hörte man die Kundschaft sagen, wenn Rüegger wieder gegangen war, und deine Mutter stimmte mit ihrem besorgten Nicken hinter dem Ladenkorpus hervor zu – bis Glauser einmal dabei war, als Rüegger kam.

Er ist halt ein Existentialist, sagte Glauser und setzte sein Predigergesicht auf. Als erwartete er die Ankunft des Jüngsten Gerichts, schaute er Rüegger mit seinen schmalen, unberechenbaren Augen durchs Schaufenster nach, wie dieser langsam davonfuhr.

Von diesem Tag an konnte Rüegger niemandem mehr etwas vormachen. Man wußte jetzt, wer er war, Glauser hatte es gesagt, und es erstaunte einen ganz und gar nicht, daß er sich kurz darauf mit dieser Gabriela zusammentat, einem Ungarmädchen, das man sechsundfünfzig großzügig im Dorf aufgenommen und neu ausstaffiert hatte. Zum Dank für die Großherzigkeit tat es schon bald, als wäre es hier geboren.

Sie blieben eines schönen Sonntagmorgens, ein Bettag mit Föhn und abgedecktem Alpenkranz, in einer Linkskurve außerhalb des Dorfes zusammen unter ihrem Cabriolet liegen. Man hatte es voraussehen können, daß es einmal so kommen mußte: Gott strafe sofort, sagten die einen, die Wege des Herrn blieben unerforschlich, meinten die anderen.

Wer geht, bleibt in Bildern, hatte auf Rüeggers Todesanzeige anstelle eines Bibelspruches gestanden. Dein Vater hatte den Satz aus der schwarzen Umrandung herausgeschnitten und über seinem klobigen Schreibpult neben die Fotografie von Jack London geheftet.

Jahre später erst entdecktest du auf der Rückseite des Postkartenbildes Vaters handschriftliche Eintragung: *Jack London, eigentl. John Griffith, amerik. Schriftsteller, 1876-1916, beging Selbstmord. War auch Jäger, Seemann, Goldsucher.*

Erinnerungen an die aufgerissene Grasnarbe und die Stelle im Feld, wo Rüegger mit Gabriela gelegen hatte, tauchen hoch. Das Bild eines flachgedrückten Wagens auf der zweiten Seite der Lokalzeitung. Du spürst deine kleine Hand in Vaters großer Hand, als ihr zusammen am Unfallort standet, ein bedeckter Montagnachmittag, Vaters freier Halbtag mit den wie üblich geschlossenen Einkaufsläden im ganzen Ort.

Vater konnte es einfach nicht verstehen, daß Rüegger die Kurve nicht erwischt hatte. Er schritt die Schleifspur des Wagens immer wieder ab und schüttelte den Kopf. Als ihr zusammen heimwärts marschiertet, begann es warm zu regnen.

Wahrscheinlich hatte er Rüegger gemocht, obwohl er sich nie ausdrücklich für ihn gewehrt hatte, wenn im Konsum über ihn gesprochen worden war. Seine Augen waren nur kleiner und seine Stimme eine Spur zu laut geworden, wenn er die Leute so drauflosreden hörte und er sie unerbittlich nach ihrem Wunsch fragte: Was darf es noch sein? – während du draußen schon um das schwarze Cabriolet herumstrichst, durchs offene Seitenfenster einen Griff ans Holzlenkrad wagtest.

Wie Batista hatte Rüegger immer zu „Vaters Kundschaft“ gezählt. Sie gehörten zu seiner kleinen Widerstandsbewegung innerhalb des Konsums.

6

Du hältst vor einem Rotlicht an. Als der Wagen steht, hörst du, daß das Standgas noch immer zu hoch eingestellt ist, schaltest den Motor ab. Vater hätte wahrscheinlich noch ein Klingeln der Ventile wahrgenommen, eine durchgerostete Stelle am Auspufftopf.

Rechterhand liegt eine langgezogene Baustelle vor dir. Riesige Zementröhren, Baumaschinen, Sprießhölzer. Der Schaufelbagger dreht seinen ausladenden Hinterkopf gegen die einspurige Fahrbahn, leert felsigen Aushub auf den bereitstehenden Lastwagen. Die Männer unter den gelben Schutzhelmen stehen am Grabenrand und nehmen keine Notiz von dir.

Die Sonne blendet, macht heiß. In der Flucht des Grabens steht ein Vermesser breitbeinig hinter einem Theodoliten, gibt dem Mann mit der rot-weißen Meßlatte durch Handzeichen Anweisungen. Über seinem Kopf liest du auf einer Wegweisertafel *Gotthard*, das ist deine Richtung.

Das Rotlicht wechselt ohne Übergang auf Grün. Kurz nach der Baustelle fährst du auf eine stehende Kolonne von Militärfahrzeugen auf. Schlafende Infantristen auf den Ladebrücken. Am

Straßenrand eine Gruppe junger Offiziere in den gescheckten Kampfanzügen: Sie sind unter sich, rauchen, lachen, die Hände lässig um das vorgehängte Pistolenetui gelegt.
Du überholst den Troß im Schrittempo. Die Einbildung von Kampfergeruch bleibt zurück. Vaters feldgrüne Uniform im oberen Winterschrank, Helm, Karabiner und Haartornister kommen dir unwillkürlich in den Sinn, seine unzähligen Militärerlebnisse während des Aktivdienstes, neununddreißig bis fünfundvierzig: Alles in allem eine schöne Zeit. Hart, aber schön. Du siehst dich auf eurem abgewetzten Kanapee sitzen und hast wieder Vaters Schilderungen im Ohr.
Von deiner eigenen Militärdienstzeit zwanzig Jahre später sind dir vor allem Gesichter in Erinnerung geblieben, fast nichts von gehaltenen Stellungen und ausgeführten Handstreichen, keine überquerten Flußläufe und verlorenen Ortschaften.
In Steinen bezahlten sie zehn Rappen für eine Gamelle heißen Wassers zum Rasieren. Aber nur wenige der Einheimischen verpaßten morgens den Gang zur Frühmesse. Sie rannten mit vermummten Gesichtern durch den frisch gefallenen Schnee und ließen sich Ablaß erteilen.

Fehlmann, ein Bankierssohn, schloß sich mit seinen wöchentlichen Freßpaketen allein in den Schulhausaborten des Mannschaftskantonnements ein, bis ihn seine Kameraden eines Abends vor Einrücken beinah kastriert hätten.
Nachts führten sie Langholz über den Gotthard. Porco miserio, schon fast November und keine Seitenverschläge an den offenen Führerkabinen. Die Fahrt führte durch Haarnadelkurven, die in einem Zug nicht zu nehmen waren. Auf den geraden Stücken klemmten die Fahrer das Steuerrad zwischen die Knie, schoben die klammen Finger unter den Hosenboden, um sie wieder zu spüren. Kurz vor der Paßhöhe kochten die Maschinen regelmäßig über. Wartezeit.
Dann die Fahrt die Leventina hinunter. Der Nebenmann, eingenickt, lehnte in den Rechtskurven an die Schulter des Fahrers, versuchte sich im groben Stoff einzunisten bis zur nächsten Biegung und schreckte auf, wenn er den Kopf abermals an derselben Stelle über dem Schläfenbein am Türrahmen aufschlug. Er fluchte kurz und zog seine Arbeitsmütze noch tiefer in die Stirn, döste weiter. Neben der Straße fuhren Güterzüge in die Nacht. Hinter der vorgehaltenen Hand sprach man von Waffentransporten der Deut-

schen durch das Land, aber man wußte nichts Genaues.
Vereinzelt tauchten Lichter von Ställen, von Häusern auf, die warm in der klaren Bergnacht standen. Sie machten die Fahrer manchmal traurig und manchmal eigenartig stolz darauf, daß sie draußen waren in der Kälte, nicht bleiben durften und mit dröhnenden Motoren talwärts rollten, eine schwere Ladung fuhren, quer durch Kanada, die Rocky Mountains hinunter, Bellinzona zu.
Dazu rauchten sie päckchenweise Zigaretten, amerikanische, wenn es ging. Vater kannte eine Bezugsquelle: *Camel. Lucky Strike. Chesterfield.*
Ohne Filter natürlich. Diese starken Tabake machten die Mannschaften unangreifbar, entrückten sie einer trostlosen und beengenden Bergwelt, nebelten den drohenden Krieg ein und setzten alle möglichen Gegner außer Gefecht. Sie bildeten einen wichtigen Teil von Vaters Amerika, seinem Traum vom ganz Anderen, das für ihn immer außerhalb seiner eigenen Reichweite lag, das er nie wirklich für sich in Anspruch zu nehmen gewagt hätte: Es stieg als Rauch aus überfüllten Aschenbechern auf, zog als blinkendes Positionslicht über den nächtlichen Himmel, stand in zerlesenen Büchern und zitterte in langsamen

Bildern über die Kinoleinwand. Es kam in Form von Namen herüber, die das Gewicht von Gedichten hatten:

Jack London
Hemingway
Humphrey Bogart
Die Garbo
Tiger Rag

Vaters Namenstage, die zu einem entscheidenden Teil seiner persönlichen Vergangenheit wurden und die er in guten Stunden immer wieder eindrücklich zu zelebrieren wußte.
Es war Vaters Brot, mit dem er dich nährte, als der Mutterkuchen aufgezehrt war, reizt es dich zu sagen.
Du erinnerst dich an seine ersten Achtundsiebzigerplatten, als er neunzehnzweiundfünfzig das Okkasionsgrammophon heimbrachte, ein eingebautes Tischmodell in Nußbaum. Die Schachtel mit den Ersatznadeln trug er im Hosensack bei sich. *On the sunny side of the street,* aber niemand in der Familie konnte mit seiner Musik etwas anfangen. Mutters *Zarewitsch* und Großvaters *Försterhaus*, die bald danach angeschafft wurden, griffen der ge-

samten Belegschaft stärker ans Herz als Vaters verrückte „Negermusik". Sie ertrugen die Heiserkeit einfach nicht.

Eines Abends zerbrach Vater seine schwarzen Scheiben wortlos über dem Knie und legte die halbrunden Scherben sorgfältig in die Schublade zurück.

Später bemerktest du einmal, wie Vaters Augen während der zweiten Hälfte des montäglichen Wunschkonzertes kurz aufleuchteten, weil einer, der ungenannt bleiben wollte, für sich selber den *Tiger Rag* gewünscht hatte. Vorher hattest auch du noch eher zu Großvater gehalten:

Das alte Försterhaus,
dort wo die Tannen stehn,
das hat jahrein, jahraus
viel Freud und Leid gesehn.

Im Laufe der Zeit spannte man dann bei dir zu Hause immer entschlossener mit dem Leid zusammen, obwohl ihr keine Försterfamilie wart: Leiden als Auftrag, hörst du jemanden zu deinen Eltern sagen. Es war keine Antwort auf eine Frage, es war ein Verdikt. Und der es ausgesprochen hatte, vermutlich ein Geistlicher.

Vielleicht stand er während des Redens an Mutters Bett, am Bett einer dreiunddreißigjährigen Frau, und versuchte seinen milden Blick von den vollgesogenen Blutegeln fernzuhalten. Das durchsichtige Marmeladeglas mit den trägen Tieren darin war versehentlich auf dem Nachttisch stehen geblieben, als unerwartet Besuch angemeldet worden war. Ihre Beine waren wieder offen.
Mutter schrie nie, wenn die Tiere zubissen, nur ein kleines Zucken ging über ihr bleiches Gesicht, und kalter Schweiß stand wie gefroren auf ihrer Stirn: Sie hatte sich früh damit abgefunden, daß man immer nur das Beste für sie wollte. Auch als man später gegen ihre zunehmende Schwermut die Schocktherapie vorschlug, war niemand in der Lage, sie davor zu schützen, Vater nicht und am wenigsten sie selbst.
Tiger Rag, *Chesterfield*, *Lucky Strike* oder die ab und zu auftauchende Frage, was mit deinen Eltern geworden wäre, wenn Vater das Rauchen nicht auch noch vorzeitig aufgegeben und Mutter die Blutegel verweigert hätte.

7

Über das Bild seiner Mutter legt sich in Dubois' Vorstellung mit schmerzender Schärfe das Bild seiner eigenen Frau, Anna, wie sie alleine neben Rosina, die endlich eingeschlafen ist, im dunklen Zimmer liegt und nicht mehr aufstehen mag.

Dubois stellt sich vor, wie Anna in ihrem Kopf vergeblich das Hinausgehen probt, alte Bilder ihrer gemeinsamen Vergangenheit und eine ganze Serie von neuen, schnell wechselnden Phantasien über sein Verbleiben in die Nacht hineinprojiziert.

Es sind Bilder mit rot entzündeten, pulsierenden Rändern, die sie nicht aufstehen und nicht schlafen lassen, gegen die sie sich wehrt, um sie dann doch wieder über sich hereinbrechen zu lassen, weil sie spürt, wie sie sonst von den Finger-, den Zehenspitzen her hart zu werden droht, wenn sie sich gegen sich selber zur Wehr setzt.

Und hart werden will sie um keinen Preis, das weiß Dubois, fühlt sich hilflos und abgetrennt von ihr in seinem fremden Notstationenbett.

Er stellt fest, wie sich über seinen Wangenknochen die Haut davonzumachen beginnt, wie sie auch in Annas schattigem Gesicht, das er immer deutlicher vor sich stehen sieht, unaufhaltsam dünner wird.

Er spürt den Geschmack von Blech im Mund, der kurz vor dem Einschlafen oder beim Erwachen manchmal plötzlich da ist und alles vergeblich erscheinen läßt.

Oft steht er in diesem Zustand auf, tastet sich den Wänden entlang in die Küche hinaus und stößt wahllos Eßbares in sich hinein. Oder er biegt in sein Arbeitszimmer ab, greift nach seinem Diktiergerät und preßt es, als wäre es eine Atemmaske, an seine Lippen, blubbert ins eingebaute Mikrophon hinein, bis er sich Wort für Wort in Sätzen reden hört, der Blechgeschmack in seinem Mund verschwindet und die durchsichtige Haut wieder dicker wird.

Dubois meint, für Sekunden Annas Schmerz gespürt zu haben, die kleine Verwundung durch seine Abreise, stellt sich vor, wie sie sich im Finstern eine Zigarette anzündet und den Rauch tief hineinzieht, bis es ihr schwindlig wird und sich ihr Schmerz unverhofft in eine Welle von ziehendem Glück verwandelt, das sich langsam über den ganzen Körper hin ausbreitet und sie fühlen läßt, daß sie lebt und daß dieses Leben aus ihr selber herauskommt. So möchte er Anna begegnen, denkt Dubois und gibt sich Mühe, dabei nicht zu vergessen, daß er sich soeben in seine eigene Vorstellung von Glück hineingedreht hat.

Hinter dem Türvorhang nimmt er die beleuchtete Umgebung seines Bettes als schwache Spiegelung wahr: Bett, Nachttisch, Bogenlampe und sich selbst im weißen Krankenhemd mit seinem Fäustel, dem kleinen Diktiergerät in der linken Hand. *Fair mate* steht unter der Rücklauftaste. Es ist die Fabrikmarke.

8

Schwester Hildegard, stellt sich die Nachtschwester vor, greift nach Dubois' Handgelenk. Daß sie selber auch raucht, macht ihre erste Begegnung weniger kompliziert. Sie kippt den behelfsmäßigen Aschenbecher aus Aluminiumfolie in den Plastiksack neben dem Lavabo, lüftet kurz.

Dubois erzählt ihr Teile von Rüeggers mutmaßlicher Lebensgeschichte als seine eigene. Ihr Gesicht gefällt ihm. Es ist noch so jung und unbeschädigt. Sie lachen zusammen.

Du bist froh, diktiert er, nachdem die Nachtschwester gegangen ist und er wieder auf die Straße Richtung Süden zurückgefunden hat, daß du die Autostopperin, an die dich die neue Schwester erinnert hat, ausgangs Cham nicht eingeladen hast, weiterhin allein Richtung Gotthard fährst. So brauchst du dir keine Sorgen um die Urschweiz zu machen. Spätestens nach Zug würdest du dich nämlich verpflichtet fühlen, deinem ausländischen Gast, der einen schweren Traggestellrucksack mit *Stars and Stripes* auf der Außenseite mit sich führt, die Schweizer Geschichte zu erläutern. Amerikaner und Amerikanerinnen haben, wie du weißt, eine besondere

Vorliebe für Schau- und Schauerplätze vergangener Jahrhunderte.
Was besonders mühsam wäre: Du müßtest sozusagen im Rückblendeverfahren von Wilhelm Tell, Attinghausen und Stauffacher, dem geblendeten Melchtal und Walter Fürst berichten, da auf dem Weg zu Maria, auf dieser kurvenreichen und mit Kunstbauten verstärkten Wegstrecke, Tells legendärer Tyrannenabschuß in der Hohlen Gasse, die du links liegen läßt, zuerst fällig wird. Der Rütlischwur und das dazugehörende Schulreiseerlebnis aus der vierten Primarklasse, Vaters Erinnerungen an die Berichte über den Rütlirapport neunzehnhundertvierzig, der heldenmutige Sprung Wilhelm Tells auf eine aus dem Ufergebüsch hervorragende Felsnase, später Tellsplatte genannt, Altdorf, Bürglen, wo alles angefangen hat, auch deine erste Fischvergiftung, folgen erst viel später.
Zur Einstimmung müßtest du die Sache mit Baumgarten von Altsellen erzählen, der Stoff deiner Prüfungslektion für die Übungsschüler der Mittelstufe, dritte bis fünfte Klasse. Ein regnerischer Vorfrühlingsmorgen ohne namhafte Zuversicht. Die Deckenlampen brannten den ganzen Vormittag.

Du hattest die Wahl zwischen einer spannenden Schlachtenschilderung und einem aufrüttelnden und beispielhaften menschlichen Schicksal aus der Schweizer Geschichte. Schon damals entschiedest du dich für das Schicksal, lerntest Lienerts Erzählung *Von den Landvögten* Wort für Wort auswendig:
Auf der Burg Rotzberg bei Stans hauste ein habsburgischer Untervogt namens Wolfenschießen. Der trieb argen Mutwillen mit dem Nidwaldnervolk, bis er ein böses Ende fand, hörst du dich in deinem Kopf wie vor Jahren sagen. Du überlegst dir, wie die Geschichte allenfalls auf Englisch zu übersetzen gewesen wäre für deine junge Amerikanerin mit den weißen Zähnen und dem Laubfleckenschwarm über dem breiten Nasenrücken:
Eines Tages ritt der Vogt mit seinen Knechten das Engelberger Tal hinauf. In Altsellen wohnte ein wackerer Mann, Konrad Baumgarten, mit seiner jungen Frau. Konrad, würdest du wahrscheinlich zu deiner Beifahrerin sagen, ein alter Name in dieser Gegend. Von seiner Frau vermutlich Koni genannt, wenn sie allein waren zusammen.
Diese Frau also wollte der Vogt unbedingt für sich haben, ob es ihr lieb oder leid sei. Und es traf sich,

daß sie alleine auf dem Felde arbeitete. Ihr Mann war ins Holz gegangen. Sogleich stieg der Vogt vom Pferd, und als er vernahm, daß Baumgarten für längere Zeit fort sei, hieß er sie mit ihm ins Haus treten und ein Bad für ihn richten. Sie gehorchte widerwillig. Als der Mann aber verlangte, daß sie nun selber mit ihm in den Holzbottich steige, war sie entsetzt.

Ich komme gleich, sagte sie.

Back in five minutes, übersetzt du, erinnerst dich an Sheriff Kane, der dieselben Wörter auf einen Fetzen Papier schreibt, den er an seine Office-Tür heftet, bevor er ein letztes Mal durch den ausgestorbenen Ort geht, um vergeblich nach Unterstützung für den bevorstehenden Kampf gegen Frank Miller und seine Bande zu suchen.

Baumgarten von Altsellens Frau schlich sich vorsichtig durch die Hintertür des bescheidenen Anwesens und holte ihren Mann im nahen Walde. Unterdessen hatte sich der Vogt ausgezogen und in den dampfenden Trog gesetzt. Er erschrak nicht übel, als die Tür wieder aufging und Baumgarten vor ihm stand.

Jetzt gab es kein Entrinnen mehr. Der Bauer hob die Axt und erschlug den Frevler im Bade. Dann floh er durch die Hintertür den Bergen zu.

Während du dich noch um die Übersetzung dieser schwierigen Passage sorgst, hörst du deine Amerikanerin bereits mit Begeisterung ausrufen: Hei look, Tell-erservice! Sie ist entzückt über die rustikale Fassade eines an die Gotthardstraße herangetischten Gartenrestaurants mit diesem günstigen, historischen Menüvorschlag. Du siehst dich deinen Wagen parkieren und den gewünschten Salatteller in Auftrag geben. Für dich ein Bier.

William Tell sei auch Vegetarier gewesen, einer der ersten im Alpenraum, man habe sichere Beweise dafür, hörst du dich dem Mädchen erklären, als es von seinem Rohkostprogramm in den Staaten zu erzählen anfängt, während du wieder unsicher und ein wenig verlegen an Anna zurückdenkst und dir Maria vorzustellen versuchst: Ihre Hände mit den großen, weißen Halbmonden unter den flachen Fingernägeln. Ihre mattgrauen Augen, die als helle Scheiben im braunen Gesicht liegen und dich ruhig anschauen, wenn sie dich fragt, wo du jetzt gerade seist, die dir Zeit lassen zurückzukehren und anzukommen.

An ihre ein bißchen müde gewordenen Brüste denkst du, die kleiner sind als die unter dem straffen T-Shirt der jungen Amerikanerin, der du

in deiner Vorstellung ein widerspenstiges Salatblatt zwischen ihre verbrannten Oberschenkel fallen läßt.
Fuck, sagt sie. Du schaust sie an. Sorry, sie hat dich nicht erschrecken wollen, ist auch nicht schuld daran, daß dein Bier zu warm ist.
Den Schillerstein mußt du ihr später dennoch zeigen und erzählen, wie es Baumgarten von Altsellen ergangen ist, nachdem er, das Herz voller Angst, die obersten Alpweiden erreicht, den schmalen Grat überschritten hat und atemlos talwärts, dem See zu geeilt ist.
Aber du hast die Amerikanerin jetzt endgültig am Straßenrand stehen lassen, siehst jene Schulklasse wieder vor dir, der du vor Jahren diese Geschichte erzählt hast: die undurchdringlichen Gesichter der beiden Experten in der hintersten Bank und die kleine Schar der Übungsschulkinder mit den weit aufgerissenen Augen, in denen sich der tobende Urnersee spiegelt, den es für Baumgarten um jeden Preis zu überqueren gilt, um vor den habsburgischen Landsknechten in Sicherheit zu kommen.
Und unter den Kindergesichtern erkennst du auch dein eigenes Knabengesicht, wie es dir vom ersten Klassenbild her in Erinnerung ist, mit

Ponyfransen und Rosinas weit auseinanderstehenden Schaufelzähnen, dem grauen Wollpullover mit Zöpfchenmuster, Mutters gestricktem Lieblingsmotiv.

Dein Kindermund steht offen, die Augen schauen dich gespannt an, und du erzählst dir die Geschichte jetzt selber zu Ende: Das Warten am See. Ketten und Kähne rasseln, und niemand ist bereit, bei diesem stürmischen Wetter über den See zu fahren, bis endlich ein rettender Jäger mit geschulterter Armbrust vom Felsweg herunterspringt: Tell aus Bürglen im Schächental, ein Mann mit Hornhaut an den Fersen und zusammengewachsenen Augenbrauen, Hirtenhemd.

Du siehst dich im Sonntagskleid eines Zwölfjährigen am Hinterausgang eines Theatersaales stehen, ein Lindenblatt zwischen den aufgeregten Fingern verreibend. Ungeduldig wartest du auf die Hauptdarsteller des ergreifenden Laienspiels: Attinghausen, Stauffacher, Melchtal, Tell, um einmal in ihrer Nähe gestanden zu haben, bevor sie ins Restaurant hinüberwechseln, sich abschminken und ein Bier trinken gehen.

Auf der Rückfahrt im Autocar läßt du, direkt über der Hinterachse sitzend, die gewaltigen Berggewitter und Monologkaskaden der Hauptdarsteller nochmals durch dich hindurchgehen. Deine Schulkameraden singen und werfen einander die zusammengeknüllten Programmzettel an die Köpfe, bis der Lehrer zum Mikrophon ne-ben dem Fahrer tritt und für den folgenden Tag einen Zweistundenaufsatz ankündigt: Das war der Tell.

Fünfzehn Jahre später begegnest du ihm nochmals, leibhaftig:
Tell sitzt an der Reception und raucht eine *Fehlfarbe*. Er trägt Zivil, hakt mit einem Kugelschreiber die Reservationen der kommenden Woche ab. Schulen und Rentner belegen das Haus. Es ist September.
An der Rückwand des kleinen Empfangsgehäuses kleben die farbigen Vergrößerungen vergangener Aufführungen: die Hutszene, Apfelschuß, Hohle Gasse. Daneben ein Plakat mit den letztjährigen Aufführungsdaten des Laienspiels unter dem bekannten Signet des Gesslerhutes. Älplerkutte, Holzschuhe und Armbrust hängen seit Wochen bereits wieder im Garderobenschrank der Theatergesellschaft. Die Berg- und Waldkulissen sind ins Depot zurückgefahren worden.

Nur der gestutzte Vollbart des Mannes erscheint jetzt röter als auf den Fotografien. Doch spätestens als er seine Zigarre aus dem Mund nimmt und aufschaut, besteht kein Zweifel mehr über seine Doppelfunktion als Hauptdarsteller und Gastwirt.
Die Schulkinder im Rücken des Lagerleiters verstummen. Tell steht auf, langt seine Rechte zum Gruß herunter, nennt seinen bürgerlichen Namen. Er legt dem Lagerleiter die Hand auf die Schulter und erklärt, wie er es in seinem Hause gern hat in Sachen Ordnung und Reinlichkeit, Pünktlichkeit beim Essen, Einhaltung der Nachtruhe.
Fragen? fragt er. Aber es bestehen für niemanden mehr Unklarheiten.
Schokolade für jeden, der sich eine Woche lang anständig benimmt, alles andere erledigen wir von Hand, fügt er wie zum Spaß bei und zeigt zum ersten Mal sein kindliches Lachen, das als Erleichterung auf die Gesichter der wartenden Kinder übergreift und später wie eine allergische Krankheit immer wieder aufleuchtet, wo er erscheint.
Am dritten Tag des fröhlichen Bergschullagers sind die Schüler bereit, für den Gastwirt durchs Feuer zu gehen, wenn er aus dem obersten Stock

von den Bergen herabsteigt: groß, breit, seine Rechte, die Schlaghand, in den ausgeweiteten Köcher seiner Gilettasche gesteckt.
Doch am Samstag, als die Rucksäcke schon im Autobus verstaut, die Schokoladen verteilt sind, erschießt ihn ein Knabe, mit einer Spielzeugpistole im Windfang stehend, nach altem Muster aus dem Hinterhalt.

9

Schwester Hildegard schiebt sich durch die gepolsterte Tür. Es geht gegen vier. Vor dem Fenster beginnt es aufzuhellen. Das Grün der Nadelhölzer im Park wirkt staubig. Am gegenüberliegenden Gebäude mit dem Ockeranstrich sind die Vorfenster immer noch dran, dahinter die Glasfronten des Neubaus, innere Medizin und Versorgungstrakt.
Dubois sieht sich wieder im dämmrigen, überhohen Notfallzimmer liegen. Er nimmt die Apparate, Atemmasken, das Sterile rundherum erneut wahr, das alte Lavabo mit den beiden vertieften Seifenschalen, dem altmodisch geschwungenen Wasserhahn. Auf der Station ist wenig Betrieb. Der angekündigte Flugtransport aus den Dolomiten ist abgesagt worden, Dubois hat das Telefongespräch durch die angelehnte Tür mitgehört.
Er stellt sich halb schlafend, während die Schwester hantiert, wüßte gar nicht, was reden, hat kein Gespräch nötig zur Zeit. So lang ich diktiere, bin ich unverletzbar, hat er bei der letzten Kontrolle zu Schwester Hildegard gesagt und gegrinst, als machte er einen Witz.
Er spürt, wie sie ihm jetzt weit draußen an seinem

rechten Handgelenk den Puls fühlt und ihn bittet, bis zur nächsten Kontrolle doch noch ein wenig zu schlafen, während er hinter den geschlossenen Augen und mit dem kleinen Gerät in der Hand weiterhin unterwegs ist durch Vaters Réduitgebiet*, dem Zugerseeufer entlang, Erstfeld zu:
Wo es erst später zu tagen beginnt als unten im Mittelland. Wo während der Nacht unter Flutlicht an den Geleisen gearbeitet wird und man auch sommers fröstelnd zum Frühdienst geht. Wo Maria noch schläft.

Dubois hat wieder Vaters Stimme im Ohr, wenn sie zusammen über Feld gingen, nachts, um den Konsum auszuatmen, wie er jeweils sagte, Luft zu holen. Auf diesen Gängen schritt er wie ein Sämann aus, wies auf Orion hin, den alten Krieger, zeigte den Großen Bären und erzählte, wie es damals tatsächlich gewesen war, als er, ein junger Mann, im Voralpen- und Alpengebiet zu seinen Erlebnissen gekommen war:
Linkes Zugerseeufer, Zug, Oberwil, die Panzer-

---

* Gebiet der Alpen, auf die sich die schweizerische Verteidigung ab 1940 im wesentlichen beschränkte.

sperre vor Walchwil. Man fuhr mit Verdunkelung. Eine blaue Ahnung von Licht auf dem Vorderrad. Kein Mondschein in dieser Nacht. Sie fuhren zu zweit in ihre Stellungen zurück. Links lag der bewaldete Berg, rechts der See. Dem Vordermann drückten die steil aufragenden Eisenbahnschienen den Brustkasten ein. Vater konnte noch rechtzeitig bremsen: eine BSA fünfhundert. Rotlicht und Halterufe der Schildwachen waren ein paar Sekunden zu spät gekommen. Nach dem Codewort wurde dann nicht mehr gefragt. Der herbeigerufene Kompagniechef brach die Durchhalteübung seiner Truppe ab. Vater leistete Erste Hilfe, die seinem Kameraden aber nichts mehr nützte. Man breitete einen grünen Ordonnanzmantel über den Leichnam.

Vater kauerte neben einem Toten und konnte nicht weinen.

Dann stand er auf und bot den verstörten Schildwachen eine *Camel* an. Einige Zeit später fuhr die Ambulanz mit zwei Sanitätern ein. Vater kickte sein Motorrad an und führte zuerst noch einen neuen Befehl aus, bevor er alleine zu seiner eigenen Truppe zurückkehrte.

Er fuhr damals mit genau umschriebenen Aufträgen durch diese Gegend, stellst du dir vor, hätte jederzeit und ohne zu zögern Antwort geben können auf die Frage Wohin.
Es gab auch Stellungen in Ecce homo, einem unscheinbaren Ort zwischen Steinen und Sattel, die er oft mit Nachrichten versorgen mußte auf seinen Meldefahrten nach Biberbrugg.
Vater war kein Lateiner gewesen, nicht einmal Katholik, aber bei der Darstellung Christi mit der Dornenkrone habe er immer Gas weggenommen, erzählte er. Der verwitterte Christus mit dem leicht schiefen Kopf sei ihm jedesmal ein wenig anders vorgekommen, aber immer wie einer, der es soeben geschafft habe, gerade vorhin.
Wer weiß, vielleicht dachte Vater von den Transporten her auch ab und zu an eine Giuseppina in Airolo, die Frau eines jungen Gotthard-Mitrailleurs, die traurig am Fenster stand und mit kleinen Handbewegungen winkte, wenn die Camions im Morgengrauen die enge Paßstraße herunterkamen.
Vielleicht hätte er sie manchmal trösten wollen, leise, nicht fordernd, zart. Vielleicht dachte er an sie, wenn seine Kameraden vor Zimmerverlesen noch ein letztes Mal zu *Gilberte de Courgenay* an-

setzten. Vielstimmig, süß, süchtig, verschwitzt. Mit langen Fahnen von Bierdunst vor dem Mund:

C'est la petite Gilberte,
Gilberte de Courgenay,
elle connaît trois cent mille soldats
et tous les officiers.

Wahrscheinlich dachte Vater aber beim Singen an seine junge Frau, zu der seine Liebe noch frisch war, Agnes, seit zwei Monaten schwanger, die er nicht würde schützen können, wenn es losgehen sollte. Die vorne im Mittelland Obst einkellerte, in den Rosenrabatten vor seinem Elternhaus Kartoffeln zog und im Konsum aushalf. Die wie in den Schwarzweißfilmen aus jener Zeit mit hochgesteckten Haaren am Gartentor stand und auf seine Briefe wartete, Feldpost, während er mit seinen Maschinen die Alpenfestung durchquerte und kaum einer der Soldaten Notiz nahm von der *Eingabe der Zweihundert*, die die widerstandslose Anpassung der Schweiz an das neue Europa Hitlers mit Vehemenz forderte.
Es standen lauter Unterschriften von Einflußreichen unter dem Schreiben. Aber der Réduitgedanke schirmte politisches Denken der Gemeinen

weitgehend ab. Man war im Feld, hatte seine Aufträge und baute mit zurückgekrempelten Ärmeln Stellungen aus, übte die Einsätze. In den Kurven legte Vater seine BSA auf die Seite und schürfte mit den Fußrasten die Fahrbahn auf, daß es funkte und stob.

Du bist im Bild über die Qualität der Mannschaftskantonnemente in Seewen und Allenwinden, die Schneeschmelze im Muotatal anno zweiundvierzig-dreiundvierzig und den bevorzugten Tischwein der Stabsoffiziere, wenn sie sich am weiß gedeckten Tisch im Freien servieren ließen.

Auch ausgangs Arth stellst du fest, daß dein Bild von dieser Gegend stark von Vaters Biwaknächten und Manöversituationen geprägt ist. Sogar die Namen und Spitznamen seiner ehemaligen Vorgesetzten fallen dir ein: Leguan, Ochsenschwanz, Gummihals, die jetzt langsam wegzusterben beginnen oder Jahr um Jahr eine Kompagnietagung organisieren, um die vergangenen Zeiten noch einmal aufleben und sich ein wenig huldigen zu lassen von der schwindenden Mannschaft.

Beim Absingen der alten Lieder blicken sie, angesichts einer Gegenwart, die immer undurchsichtiger wird, in eine hehre Vergangenheit zurück:

Roulez, tambours! pour couvrir la frontière,
aux bords du Rhin, guidez-nous au combat.
Battez gaîment une marche guerrière,
dans nos cantons chaque enfant naît soldat.

Die Herren schlagen sich im Takt die Knöchel auf den Tischen wund. Sie rauchen jetzt Kopfzigarren, *Dannemann*, keine Zigaretten mehr.
Jahre später, als du mit Vater zusammen an einem Gartentisch sitzt, wärest du froh, er würde wieder ein wenig erzählen wie damals, als ihr miteinander über Feld gingt, um Luft zu holen. Aber diesmal schweigt er. Er möchte dich nicht mehr mit seinen alten Geschichten belästigen. Das sagt er nicht, du spürst es. Auch seine Feuerwehrzeit im Dorf verschweigt er jetzt ganz: Den Alarm um ein Uhr in der Früh. Sein Eintreffen als erster im Magazin, die halsbrecherische Fahrt dem Fluß entlang auf den Brandplatz.
Motorspritze vor!
Pumpen marsch!
Kurze Befehle durch die Nacht gerufen.
Zu Hause dein ängstlicher Blick durch das Fenster des Elternschlafzimmers, wenn sich die Röte des Brandes am Himmel abzuzeichnen begann. Mutters erschrockenes Gesicht: Wenn nur nichts

passiert! Und deine kleine Hoffnung unter der Angst, daß das Schulhaus vielleicht in Flammen stehen könnte. Deine jüngere Schwester weinte wie immer in Vaters Kopfkissen hinein.
Leitung Numero eins Wasser!
Leiter ausfahren!
Leitung Numero zwo bereit!
Tanzende Ziegel im Wasserstrahl,
brechende Balken,
Feuerfontänen,
Rauch und Geschrei.
Vater schlug mit seinem Beil eine verklemmte Kammertür ein. Und die Brandversehrten standen spärlich bekleidet, mit flackernden Augen auf dem hell erleuchteten Vorplatz ihres brennenden Bauerngehöftes.
Waisenkindergefühle.
Geschirr, das aus den Fenstern geworfen wurde, und Kissen, die man sorgfältig aus dem lodernden Haus trug.
Quietschende Schweine.
Pumpen,
Hydranten,
Wendrohre in der Hand,
moderndes Stroh.
Dann Brandwache, Kaffee-Schnaps aus dem

Nachbarhaus, das man mit einer Zusatzleitung abgedeckt hatte.

Rußverschmierte Gesichter im Morgengrauen.

Schweißspuren im Aschepuder,

verklebtes Haar,

Untertagaugen.

Wahre Geschichten und ein Reporter mit Baskenmütze, der schon auf der Suche nach dem Brandstifter war.

Noch Tage danach der Brandstättengeruch in Vaters feuchten Kleidern, die zum Trocknen und Auslüften im spärlich beleuchteten Estrich hingen.

Am darauf folgenden Abend ließ Vater die Häuser auf deinen Wunsch nochmals abbrennen, drang von neuem in verriegelte Kammern ein, rettete ein Kind und zwei schlafende Mägde, das hölzerne Postauto des weinenden Knaben, trieb das Vieh im letzten Augenblick aus den niederen Ställen und sah seinen Rückweg ins Freie abermals von niedergestürztem Gebälk versperrt, so daß Mutter ihn eindringlich bat, nicht mehr weiterzuerzählen und Vater, ohne auf mein Bitten zu achten, unverzüglich die Leitungen abzubrechen begann, nur noch die nötigsten Brandwachen stellte und mit dem Rest der Mannschaft ins Magazin zurückfuhr.

Deine Schwester atmete wieder normal. Die Eltern sahen aneinander vorbei, als blickten sie durch Röhren hindurch. Mutter machte sich bald darauf in der Küche zu schaffen oder rief die Kinder ins Badezimmer.

Während sie dir mit dem Waschlappen über dem Zeigefinger in den geröteten Ohrmuscheln herumfuhr, blieb Vater wie nach einer Streifung am Stubentisch sitzen. Möglich, daß er sich in solchen Augenblicken immer wieder solidarisch fühlte mit den Fliegen, die auf dem Fliegenpapier, das in jedem Zimmer von der Decke hing, klebengeblieben waren. – Dabei hatte euch Mutter nur vor dem Furchtbareren schützen wollen: vor Vaters präziser Schilderung eines Flugzeugabsturzes, den er als Pfadfinder bei Dübendorf miterlebt hatte.

Seine Rover-Rotte schirmte den Absturztrichter, die Wrack- und Menschenteile sofort vor dem zudringlichen Publikum ab. Allzeit bereit! Sie hielten einander bei den Händen und schluckten das Erbrochene, so gut es ging, wieder hinunter.

10

Dubois legt sein Gerät aus der Hand. Draußen huscht Blaulicht über die schmuddeligen Morgenfassaden. Der Notfallwagen fährt durch den Park, hält vor dem Haupteingang an. Autotüren springen auf. Man hört die Rollbahre über die Schienen gleiten, die Stimmen der Pfleger. Kurze Zeit später Schritte im Korridor.

Gestern erst, denkt Dubois, daß sie die Ambulanz neben mir zum Stehen brachten und man sich rasch und routiniert über mich beugte, als ich aus einer kurzen Bewußtlosigkeit wieder zu mir kam, das Totmacherspiel mit dem Schottenschal einen Augenblick lang durch meinen Kopf geisterte.

Der Mann, der die Kurve geschnitten hatte, stand verlegen im Löwenzahn. Wahrscheinlich wäre er Dubois für ein bißchen Wut dankbar gewesen.

Ein Lastwagenchauffeur in dunkelblauem Overall regelte in der Straßenmitte den dichten Verkehr. Die Insassen der langsam vorübergleitenden Wagen schauten neugierig aus den Fenstern, um einen raschen Blick auf den Verletzten werfen zu können, der am Straßenrand ins Gras gebettet lag.

Der Verursacher des Unfalles bot Dubois an, den

beschädigten Wagen an Ort und Stelle reparieren zu lassen und dafür zu sorgen, daß alles wieder in Ordnung käme. Er gab ihm die Hand, bevor sie ihn in die herbeigerufene Ambulanz schoben, die inzwischen mit Blaulicht und Sirene auf der Unfallstelle eingetroffen war. Ein Pfleger nahm neben ihm Platz, und sie fuhren langsam in einen spärlich beleuchteten kurzen Tunnel hinein.

Es war dieselbe Strecke, die Dubois einige Zeit zuvor in umgekehrter Richtung gefahren war. Er sah durch einen schmalen Klarstreifen im Milchglas, wie das Blaulicht als kaum wahrzunehmender Schatten über die beiden Tanksäulen unter einem weit ausladenden Vordach glitt. Die Tankstelle mit den offenstehenden Fenstern über dem Werkstatt-Trakt war ihm auf der Hinfahrt schon aufgefallen. Ein Mann hatte unter dem großen Kipptor gestanden und dem Verkehr zugeschaut. Das Castrol-Blech drehte noch immer im Wind.

Dann wieder Straßenränder, Schächte, lila und türkis gefärbte Schaffelle vor einem Antiquitätenmarkt, wartende Schulkinder, Wiesen.

Dubois lag seitwärts im Wagen, die Augen nah an der Scheibe. Er spürte in seinem Rücken den Pfleger, der ihn aufmerksam beobachtete. Für die Fensterseite hatte er sich wehren müssen.

Ab und zu stellte der Begleiter freundliche Kontrollfragen. Das gute Zureden hatte er schon bald nach der Abfahrt bleiben lassen, als ihm Dubois mit einem Scherz zu verstehen gegeben hatte, daß keine Unterhaltung nötig sei. Er fühlte sich, allen äußeren Anzeichen zum Trotz, vorläufig noch immer als Herr der Lage.
Als sie später in den schattigen Park einfuhren, sah er durch seinen Schlitz im Glas einen Gärtner mit einem Riesenstaubsauger altes Laub aus den Rabatten saugen, er machte den Pfleger darauf aufmerksam, und sie lachten zusammen darüber. *Notfallstation Chirurgie* las Dubois in roter Schrift auf einer weißen Emailtafel über dem breiten Spitaleingang.

Zimmer, Chambres, Rooms, steht auf handbeschriebenen Holz- und Blechtafeln vor den Häusern, die der Gotthardstraße entlang gebaut sind. Mit *fl. Wasser*, ist da und dort beigefügt. Du stellst dir hinter diesen teils ungelenken Anschriften die ausgebauten Hinter- und Dachzimmer vor, die etwas feuchten Untergeschoßräume in den kleinen Einfamilien- und Bauernhäusern, die schweren Federdecken auf den hochbeinigen, ausrangierten

Ehebetten, das fadenscheinige Blumenmusterduvet auf dem Notlattenrost und das vergoldete Kruzifix über der Eingangstür, riechst das Gemisch von Bohnerwachs und Rotkraut im Treppenhaus und spürst, wie unangenehm dir die übertriebene Rücksichtnahme der Hausbewohner gegenüber dem fremden Gast sein würde.
Und doch denkst du im Vorbeifahren unwillkürlich, daß es sich in einem solchen Hinterzimmer auf eigenartige Weise lieben ließe. Mit kleinen Bewegungen, langsam, leise. In einem Rest von Tageslicht, der durch die schräggestellten Jalousien hereinbräche. Beim Geräusch von immer wieder unterbrochenen Hausarbeiten aus den vorderen Wirtschaftsräumen, den Küchen, Stuben und Nähzimmerchen und dem zeitweisen Dröhnen des Schwerverkehrs von der nahegelegenen Gotthardstraße her.
Lockere Vorstellungen, die dir langsam durch den Kopf drehen, bis du hinter der Berner Höhe ins Herz des zugewachsenen Bergsturzgebietes einfährst:
Ein entsetzlicher Todesschrei ging durch das Dorf. Dann war alles aus. Eine ungeheure Staubwolke bedeckte die Gegend, und als sie sich verzog, lag das reiche, prächtige Goldauertal mit seinen Dör-

fern und all seinem Leben unter einer grauenhaften Wüste von Felsen und Schutt begraben. Unter den vielen Verschütteten befand sich auch eine vornehme Gesellschaft aus Bern, die auf einer Lustwanderung war. Nur wenige Teilnehmer, die auf dem Weg etwas zurückgeblieben waren, erzählte Vater immer und immer wieder, wenn er in seiner Erinnerung das Réduit noch einmal befuhr, nur ein paar wenige entgingen dem Unheil. Sie berichteten nachher, sie hätten gemeint, der Jüngste Tag sei gekommen.

Ein Campingplatz für vornehmlich feste Mieter breitet sich jetzt in der Talsohle aus: selbstgezimmerte Verandas an den holzverschalten Aluminiumgehäusen. Bretterzäune, wehende Fahnen, Geranien vor den trüb gewordenen Kunststoffscheiben.

Zwischen den Hauszelten, den Gartenparzellen und Bratplätzen, den Wasserstellen, Elektroanschlüssen, den aufgeblasenen Gummibooten und den Abfallcontainern liegen halbbewachsene, vermooste Felsbrocken in der Größe von mittleren Einfamilienhäusern wie zufällig auf dem ausgebuchten Campingplatz herum.

Droben am Roßberg droht noch immer die Abrißstelle. Schräg geschichteter, rötlicher Fels, der in deiner Vorstellung losbrechen kann, wann es ist:

Du kannst jederzeit verschüttet werden, verschwinden, verlandschaften für immer, diktiert Dubois, der im Halbschlaf hinabsinkt zu den Verschütteten unter den Steinen, in die Untiefen des Lauerzersees hinein, wo sie mit zusammengedrückten Brustkasten und abgerissenen Armen, zersplitterten Becken im moorigen Boden liegen und nicht verwesen können. Wo landeinwärts Nagelfluh in die Augenhöhlen drückt und Pfahlwurzeln die aufgespaltenen Schädeldecken sprengen, daß es wie vor Dubois' gepolsterter Zimmertür tönt, wenn die neu Eingelieferten durch den Korridor geschoben werden.

Erst hinter der großen Flügeltür ebben die Schreie jeweils ab, wo ein Stab von ausgebildeten Leuten rund um die Uhr auf die Geschändeten wartet: allen voran die hilfsbereiten, maskierten Operationsschwestern mit den blauen Augen, die sonnengebräunten, lockeren Chirurgen in den ärmellosen grauen Kasacks, mit den kräftigen Schulterpartien und den wohlgeformten Händen, die das präzise Zulangen und Ausweiden gewöhnt sind.

Aber es sind ja nur die offensichtlichsten Fälle, die

ihnen in die Fänge geraten. Auch außerhalb der Spitäler und Bergsturzgebiete ist die Schändung Tag und Nacht im Gange: in Stollen und Hallen, Schulen und Bars, in klimatisierten, geleckten Glasverliesen, lila Boutiquen, Weinkellereien, kugelsicheren Schalterbezirken. Unter den Solarien der Direktionsetagen, den Kraftmaschinen der Fitness-Clubs, auf Städteflügen und Expreßstraßen, auf dem gut erhaltenen Totentanzbild am Oberturm.

Und drüben auf der Gynäkologie wird dafür gesorgt, daß dieser Jahrmarkt kein Ende nimmt, daß sich das Riesenrad weiterdreht, auf das wir einzeln geflochten sind, daß es hinaufstößt aus den Niederungen durchs Gewölk hindurch in ein Licht hinein, das nichts mehr zu wünschen übrigläßt.

Was bleibt, ist der irre Wunsch, jetzt abzuspringen, Halt! zu rufen, bevor sich das Rad unweiger-lich wieder hinunterdreht, mitten in die bereitstehende Schießbudengesellschaft hinein, an abgetakelten Blondinen vorbei, durch rosarote Zuckerwatteberge, menschenleere Geisterstädte, endlose, eingefettete Waffenarsenale hindurch, dem Achterbahngeleise entlang, kopfüber, kopfunter, in irrer Fahrt am Messerwerfer, der Folkloregruppe aus Namibia und vereinzelten

Bürgerwehrtrupps vorbei, durch reich verzierte Konzertsäle hindurch, wo nach wie vor Erbauung herrscht.

Seit die Berner Höhe hinter ihm liegt, ist Dubois fast sicher, daß er wieder mit Maria schlafen wird. Hinter den gegenüberliegenden Gebäuden muß die Sonne schon zu sehen sein, denn das Licht hat sich verändert, es ist gelber geworden. An der fußseitigen Zimmerwand ist der Senn mit seinen Kühen immer noch unterwegs.

Nüüt dergliche tue, sagt er sich jeweils, wenn die Bergnacht oder ein Gewitter über seine Herde hereinbricht, eine schwierige Stelle zu passieren ist. Am nächsten Tag, jenseits der Runse, nach dem Gewitter, siehe da, geht es unverändert bergan.

11

Es ist still auf dem Flur, als Dubois allein auf die Toilette geht.
Die Schwestern rauchen mit dem Notfallarzt zusammen in einem kleinen, schlauchartigen Zimmer eine Zigarette. Nikotinarme Tabake. Oder sie lutschen eines ihrer zuckerlosen Bonbons, um die Gesundheit der Zähne und die schlanke Linie unter den weißen Berufsschürzen nicht zu gefährden.
Vielleicht legt der junge Notfallarzt einer Schwester die Hand aufs Knie. Nachtdienst verbindet.
Halb fünf Uhr früh ist vorbei. Man ist müde und ausgebrannt, beginnt langsam wieder an sich selber zu denken, seinen eigenen Herzschlag zu spüren, nachdem einem der Puls fremder Leute eine Nacht lang durch die Finger gegangen ist, sieht sich auf der Straße stehn, Wind im Haar wie in Filmen. Weitab von Neonlicht, Diabetesverdacht, präzisen Dosierungen. Ohne Personal. Ohne Rapporte und Schichtwechsel, Desinfektion und Schmerzmittel. In einem absolut eigennützigen Einsatz, bei dem die Zuständigkeit des Oberarztes nicht mehr gefragt ist. Wo vom eigenen

Leben die Rede ist und die Niere nicht künstlich. Wo nach einer langen Nacht über das eigene Aufwachen zu wachen ist, die eigenen Atemzüge wahrgenommen werden, obwohl im Badezimmer die Stützstrümpfe längst wieder trocken sind.
Tage ohne fremde Verantwortung auf den eigentlich schmalen Schultern. Ohne Leiden zu lindern. Ohne Zuspruch und versteckte Verzweiflung, Gewissensnot. Ohne auf ein persönliches Verhalten zu achten, das dem Ansehen des Berufsstandes dient, wie es in den auf Glanzpapieren gedruckten Broschüren heißt.
Dennoch nicht ohne Moral.

Dubois geht leise über den Flur. Er versucht das Quietschen seiner weichen Gummisohlen auf dem graugescheckten Linoleum möglichst zu vermeiden.
Als er auf dem Klosett sitzt, fällt ihm der rote Knopf der Alarmglocke auf. Man sorgt sich um dich, denkt er, reißt zwei Papierstücke auf einmal von der Rolle, stellt sich den Auftritt der Schwestern vor, wenn er läuten würde, und ist zugleich sehr froh, daß er keinen Alarm auszulösen braucht.

Im Vorraum wäscht er sich die Hände. Er schiebt die Ärmel seines Spitalbademantels hinter die Ellbogen zurück, läßt den kalten Wasserstrahl über seine nackten Unterarme fließen, öffnet die drei Knöpfe seiner Hemdbrust, bildet mit beiden Händen einen kleinen Trog und senkt sein Gesicht drei-, viermal tief hinein, pustet das Wasser aus seinem Schnurrbart, fährt sich mit den nassen Fingern über Brust und Nacken und taucht vor dem Spiegel wieder auf: ein etwas übernächtigtes Gesicht mit tägigem Bart. Aber Dubois will nicht zu lang bei diesem Mann mit dem rotgesäumten Nachthemd mit offenem Rückenteil stehenbleiben. Er spült noch einmal den Mund, bevor er in sein Zimmer zurückgeht, ohne daß ihm auf dem Korridor jemand begegnet.
Als er sich wieder hinlegt und nach dem Diktiergerät auf dem Nachttisch langt, spürt er die alte Müdigkeit erneut in sich aufsteigen, und er merkt, daß er jetzt rasch weiterfahren muß, wenn er bis Erstfeld durchhalten will.

Der Amateurradrennfahrer ausgangs Seewen kommt dir wieder in den Sinn, setzt Dubois mit belegter Stimme ein. Keine Klubkameraden, kein

Gegner weit und breit. Aber der Mann radelt vornübergebeugt, schweißnaß, mit verzerrten Gesichtszügen, als gelte es, jemanden einzuholen, etwas aus sich herauszuschwitzen, das nicht sichtbar wird.
Es trifft dich, wie sich dieser Jahrgänger deines Vaters abmüht, gnadenlos mit sich selber ins Gericht fährt. Ein gealterter „Randfahrer" im großen Strom Richtung Süden, quer durch die Alpenfestung seiner Jugendjahre, die längst durch den Einfall der Touristenkolonnen geschlissen worden ist. Seine Stirnader schwillt bedrohlich an, wenn eine neue Steigung auf ihn zukommt, die er, ohne aus dem Sattel zu gehen, mit hartem Durchtreten meistern will.
Möglich, daß er kurz nach Wassen vom Rad kippen wird in seinem verschwitzten Ärmelleibchen mit der *Tigra*-Aufschrift quer über der schmalen Brust und den aufgenähten Proviant-taschen, dem grauen Haar unter der grünroten Aperitif-Kappe. Er trinkt Wasser auf seinen Fahrten, lebt von Dörrfrüchten und gesalzenen Brezeln, die er sich auf den Geraden zwischen die Lippen schiebt.
Vielleicht hat er Glück bei seinem Sturz und kommt unter ein Büschel blauer Wegwarten zu

liegen, Cichorium intybus, sparrig-ästig, steifhaarig, bis endlich jemand auf ihn aufmerksam wird, der ihn vorsichtig aus dem staubigen Gras hebt, das den Straßenrand säumt, und sich wiederholt, aber vergeblich nach seinen Schmerzen erkundigt.

Seit Seewen kommst du dir wie abgenabelt vor. Mittelland, Jura, Anna, Rosina, deine Arbeit und die Schwierigkeit, dich für eine Weile loszusagen, liegen weit zurück.

Du fährst als ein einzelner Richtung Süden. Und zeitweise kommt eine Selbstverständlichkeit über dich, die dich auch Maria vergessen oder zumindest in großer Gelassenheit auf sie zufahren läßt. Sie ist gegen niemanden gerichtet, steht für sich, macht dich leicht.

Bei der nächsten Tankstelle läßt du auffüllen, obwohl der Tank erst zu drei Vierteln leer ist, wischst mit einem nassen Schwamm die Scheiben sauber und drehst den Kilometerstand des Tageszählers in die Nullposition zurück.

Dann fährst du von neuem los, in die Berge hinein, die wieder wolkenverhangen sind. Du nimmst die Autobahn Richtung Brunnen, gleitest über Runsen und Schluchten hinweg auf dem breiten Betonband, das sich elegant und gewalttätig über alle Unebenheiten, Abbrüche und Aufstülpungen hinwegsetzt, für die du im Laufe der Fahrt jedes Gefühl verlierst.

Es ist gegen eure Abmachung, du weißt es, daß du zu Maria unterwegs bist. Aber vorstellbar ist dir auch, daß du an ihrer Wohnung vorbei weiterfährst, eine Tangente ziehst Richtung Süden, deine ungenaue Sehnsucht auf die Straße vor dir überträgst, bis sie sich totläuft, irgendwo vor Venedig in einer endlosen Autokolonne, um spät nachts plötzlich mit Annas schönem Gesicht erneut über dem Markusplatz zu stehen und deine Rückkehr zu fordern.

Eine kurvenreiche Straße dem Urnerzipfel entlang. Hochbeladene Touristenwagen auf beiden Fahrbahnen quer durch das Durchgangsland, ohne Anstoß ans Meer, das ein anderes Rauschen erzeugt als das Tosen des Stoßverkehrs. – Möglich, daß du manchmal am „Binnengefühl" leidest. Vielleicht ist es das stärkste, das dein Land zu bewirken vermag.

Du klappst die Sonnenblende herunter, als hinter einer Felsnase hervor die Sonne wieder auf die Straße fällt. Im Rückspiegel betrachtest du,

vor einer der zahlreichen Baustellen wartend, aufmerksam dein Gesicht: die Stirn, deine Augen, den Mund, das schütter werdende Haar.
Die dunklen Brauen sind buschiger geworden. Die beiden Stirnfalten gehören seit einigen Jahren als fester Bestandteil zu deinem Gesicht. Rosina hat dich nie ohne Narbe über der Nase gekannt. Sie liest an ihrer Farbe deine Gestimmtheit ab, fährt manchmal mit ihren kleinen Fingern darüber. Ihre Fragen nach den näheren Umständen in der Welt sind dann voller Zärtlichkeit.
Du magst das Grün deiner Augen, das sich in letzter Zeit aufzuhellen scheint. Um die Nasenwurzel herum drückt Vaters Gesicht durch die Haut.
Wahrscheinlich hätte Vater die Autobahn vor Brunnen gemieden, die alte, schmälere Straße gewählt, die den bekannten Ferienort durchquert, ein kurzes Stück der baumbestandenen Seepromenade folgt, wo er anno zweiundvierzig im Herbst zufällig dem General begegnete. Ein junger Mann einem älteren Herrn mit Begleitern. Sie trugen Uniform.
Le Général, sagte er jeweils, wenn er von der Begegnung in Brunnen erzählte. Es mußte an jenem Tag Sand in der Luft gelegen haben, der

einem die Augen ständig unter Wasser setzte, hörst du ihn beifügen.

Seine Frau hatte während der Nacht ein Mädchen geboren, keinen Soldaten zum Glück, obwohl es dann nicht alt wurde. Vater war unterwegs zu ihr. Sonderurlaub.

Er hätte sich ausweisen können, wenn ihn der General in Brunnen nach seinem Auftrag gefragt hätte, freundlich, aber bestimmt, wie man es aus Zeitungsberichten an ihm kannte.

Dann stand Vater in der Nähe der Anlegestelle und sah ins Wasser. Eine tote Möwe schlug an die Ufermauer. In einiger Entfernung tanzte eine zerbeulte Boje auf und ab. Große, angegilbte Roßkastanienblätter trudelten langsam vor seine Füße, die in den schweren Nagelschuhen steckten.

Er hätte sich die ganze Zeit väterliche Gedanken zu machen versucht, erzählte er dir später einmal, um sich seine heimliche Angst vor der Heimkehr zu Agnes, zum Kind, vom Leibe zu halten. Zugleich habe er auch bereits an der Vorstellung gelitten, nachher wieder einrücken zu müssen.

Am liebsten wäre er wahrscheinlich gleich wieder zurückgekehrt zu seinen Kameraden, hätte sein Motorrad angekickt und wäre die schmale Gotthardstraße hinaufgerast bis zum Hospiz, wo

einem in dieser Jahreszeit der Eiswind um die Ohren zog.
Vaters Schiff legte mit halbstündiger Verspätung in Brunnen an. Gebirgsinfanterie sang auf dem Oberdeck. Vater stieg als letzter zu. Das Sprachrohr des Kapitäns war aus Gold, fügte er kommentarlos bei.
Im Grunde, will es dir heute scheinen, lag unter Vaters Worten immer ein eigenartiges Vibrieren, selbst wenn er vom Militärdienst erzählte, den er letztlich nicht liebte, aber erlebt hatte. Das Erzählen war sein Mittel geworden, die Wirklichkeit in eine härtere Währung umzumünzen, mit der er alles zurückbezahlte, was sie ihm schuldig geblieben war, diktiert Dubois, nachdem ihm die Tagschwester bereits das Fieberthermometer unter den freien Arm geklemmt hat und beide Fensterflügel zum Lüften weit offenstehen.

Die erste Untersuchung ist auf acht Uhr angesagt. Die Schwester verspricht relative Schmerzlosigkeit für die bevorstehenden Abklärungen. Die Kontrollen der vergangenen Nacht haben keine Unregelmäßigkeiten aufgezeigt. Es bleiben ihm noch gute zwei Stunden für sein Diktat:

Die Sonne ist wieder hinter dem Gewölk verschwunden. Du klappst die Blende hoch, konzentrierst dich auf die Straße. Kurze Tunnelstücke folgen einander. Die Augen haben sich kaum an die Nacht gewöhnt, fährst du mit geweiteten Pupillen schon wieder in den grellen Tag hinaus, Felswänden entlang, unter Lawinenverbauungen hindurch, über Brücken, an ausgespannten Drahtnetzen vorbei: Steinschlaggefahr! Sich nichts anmerken lassen und fahren wie die andern, in der Kolonne bleiben. Der weiße *Opel Rekord*, der dir auf der Gegenfahrbahn entgegenkommt, hat keine Frontscheibe mehr, der Fahrer sitzt etwas verdattert hinter dem Steuer. Die Felswände treten von der Straße zurück. Flüelen kommt in Sicht.

Schiller liegt als Passagierschiff am Landesteg. Auf dem überdachten Perron warten ungeduldige Schulklassen auf ihre Weiterreise. Bis auf die Lehrer haben alle ihre Rucksäcke schon aufgenommen. Fahrplanmäßige Abfahrt des Passagierschiffes dreizehn Uhr fünfundzwanzig, stellst du dir vor. Den Kindern bleiben noch zwanzig Minuten Wartezeit. Bis Erstfeld ist es keine Viertelstunde mehr.

Ihr wolltet die Nacht in der Luft stehen lassen, wie ihr sagtet. Es sollte nichts zu besitzen geben voneinander.
Das Licht war noch grau im Zimmer. Auf der Schnellstraße, die in der Nähe über eine Hängebrücke führte, nahm das Pfeifen der Winterreifen wieder zu. Leichtfertigkeit war zwischen euch nie aufgekommen.
Vielleicht fährst du darum jetzt doch mit gemischten Gefühlen in Erstfeld ein. Wortbrüchig, unsicher, mit zunehmender Angst zu stören, gleitest du etwas verlegen an den Werkhöfen, den Wohn- und Geschäftshäusern vorbei, dem rostigen Schienenstrang entlang, der hinter dem Bahnhof auszufransen scheint. Ein grauer Wagen mit breiten Reifen überholt dich mit dröhnendem Motor. *Mein Ziel Savognin*, liest du in geschwungenen Buchstaben auf seiner Heckscheibe.
Du bist bis zu den Güterschuppen am Südausgang des langgezogenen Dorfes durchgefahren. Mit Absicht einige hundert Meter zu weit, willst dir Zeit lassen, dich nicht selber noch übergehen auf dem letzten Wegstück, etwas von deiner winterlichen Gelassenheit hinter Seewen in den Sommer hinüberretten.
Die beiden Telefonkabinen am Eingang des Bahn-

hofs stehen offen. Daß du noch anrufen könntest, verwirfst du, kaufst dir am Kiosk deine Zigaretten, gehst zum Klo. Über der Pissoirschale steht der Name einer bekannten Filmschauspielerin in den Verputz geritzt, darunter eine Weggabelung, die ein Schamdreieck andeutet.

Auf dem Rückweg zu deinem Wagen fällt dir der Mann wieder auf, der immer noch mit sich selber spricht. Im Grunde sieht es so aus, als bäte er sich selbst ständig darum, nicht mit dem Reden aufzuhören. Vielleicht wäre sonst überhaupt keine Gewißheit mehr da für ihn, die Züge zu laut, die vorübergehenden Passanten zu fremd, die Berge zu nah, er selbst nicht mehr greifbar.

Vielleicht gehören Selbstgespräche zwangsläufig zur Geographie von gebirgigen Gegenden, muß Dubois denken, dem der Realienunterricht schon während seiner Schulzeit immer zu einsilbig vorgekommen ist. Er legt eine neue Kassette ein und fährt mit seinem eigenen Selbstgespräch fort:

Ein Autostopper, den du noch ein kurzes Stück mitgenommen hast, ist vor dem Ort schon ausgestiegen, hat sich bedankt. Er will ohne Unterbrechung weiterreisen, hofft noch über den Ceneri zu kommen bis zum Abend, vielleicht sogar bis Mailand. Er reist mit weniger Gepäck, als es dir je möglich gewesen ist, verbringt die Nächte im Freien.

In Erstfeld bleibt man nicht länger, als man muß. Er hat den Satz ohne besondere Betonung gesagt, die Hand gehoben zum Gruß, als du in den Ort hineingefahren bist.

Auch Maria wird hier nicht bleiben, hat sie damals zu dir gesagt. Ein Rückzugsort für sie und ihren Knaben. Wenig Ablenkung außer den Zügen, eine günstige Wohnung. Die wieder aufgenommene Arbeit als Lektorin eines Sachbuchverlages fordert ihr einiges an Konzentration ab.

Bis jetzt hat sie sich auch verpflichtet gefühlt, sich vor der Lektüre eines Manuskriptes in das jeweilige Thema hineinzuarbeiten, Geologie, Biologie vor allem. Das brauche Zeit und arbeite an einem selbst.

Einmal pro Woche fährt sie nach Zürich zur Verlagsbesprechung, liefert Material ab, holt sich neues. Die Fahrt im Zug dauert anderthalb Stunden. Anfangs hat sie im Zug noch gearbeitet, seit einiger Zeit läßt sie sich einfach fahren, schaut aus dem Fenster, beobachtet die Leute, steigt auf Gespräche mit Banknachbarn ein. Abends fährt sie

meist mit einem Gefühl der Erleichterung aus der Stadt hinaus Richtung Gotthard.
Der Traum kommt dir wieder in den Sinn, den sie dir beim Gehen erzählt hat, nachdem sie bei fernem Gebell ein wenig zusammengezuckt war. Ein Hund sei ihr mit eingezogenem Schwanz ununterbrochen um die Waden gestrichen, bis sie im Traum fast wahnsinnig geworden sei. Nacht für Nacht. Obwohl sie sich vor Hunden fürchte und er die Angst in ihren Augen sicher bemerkt haben müsse, habe sie ihn nicht dazu bringen können, sie endlich zu beißen, was sie sich aber immer sehnlicher von ihm gewünscht habe. Der Hund sei zu hündisch gewesen.
Erst seit sie sich dann entschlossen habe, allein mit dem Kind zu leben, seien ihre Träume wieder freundlicher geworden, hat sie nach einer Pause hinzugefügt und sich keine Mühe gegeben, fröhlich auszusehen dabei.

Ihr lerntet einander als Durchreisende in einer Stadt kennen. Man diskutierte, trank Wein, Kaffee, rauchte. Eine zusammengewürfelte Gruppe von Leuten, die über Bücher redeten, Filme und manchmal vom eigenen Leben.

Eure Sprache war weniger geschliffen als diejenige der anderen. Vielleicht hatte dieser Umstand im Laufe des Abends ein wenig Nähe gebracht.
Beim Luftholen hinter dem Hotel stießt ihr dann aufeinander, gingt zusammen die Straße entlang, unter der Hängebrücke hindurch, an den Abstellplätzen vorbei, bis der Asphaltbelag aufhörte, und weiter.
Am Wegrand lag alter Schnee. Unter den Schuhen zerbrachen die Brauen gefrorener Schrittspuren im Kot. Es war kalt. Der Wind fiel euch stoßweise in den Rücken.
Im Laufe des Gehens wurden eure Ellbogen einander freundlich, dann die Schultern, die Hüfte. Es war, als ob ihr euren Körperteilen zuschauen würdet, wie sie sich einander näherten. Dabei bekam Marias Gesicht eine Randlosigkeit, die dich immer stärker berührte. Bis du nur noch von ihrem Gesicht zugedeckt werden wolltest. Es war keine Hast dabei.
Die Hotelhalle stand leer, als ihr euch durch die schwere Flügeltür schobt. Der Nachtportier hielt eure Schlüssel schon in der Hand, wünschte angenehme Nachtruhe. Im Lift roch es nach Artischocken.

Als Maria später mit geschlossenen Augen unter dir wegglitt und eine Weile lang nicht mehr zu erreichen war, erschrakst du und warst froh, daß das Pfeifen von der Brücke her nach einiger Zeit wieder zu hören war, ihr wieder nebeneinanderlagt, den Rissen im Deckengips Flußnamen gabt:

Töss
Mississippi
Sarneraa.

12

Dubois folgt mit den Augen dem feinen Haarriß, der quer über seine Zimmerdecke läuft. In einer anderen Abteilung schreit ein Kind, weiter entfernt, hinter der großen Umfassungsmauer, setzt der Lärm eines Preßluftbohrers ein. Kein Fieber, Puls normal, der Blutdruck auch. Langsam füllt sich sein Zimmer mit Licht. Das leichte Frösteln schreibt er seiner Müdigkeit zu.

Er wird Anna erst nach den Untersuchungen anrufen, wenn er seinen „Entwurf" zu Ende geführt hat und ihm die Ärzte bestätigen müssen, daß er bei dem Unfall unverletzt geblieben ist, die Aufschlagstelle über seinem Brustbein sich vielleicht schon langsam blau zu verfärben beginnt.

Nur jetzt den Faden nicht vorzeitig verlieren, nicht kurz vor dem Ziel doch noch aussteigen, dich auf die Seite drehen und wegdriften, um dann erledigt aus dem Halbschlaf aufzufahren, wenn dich ein Pfleger am Fußende aus dem Zimmer zieht, durch unterirdische Gänge schiebt, silbrig glänzenden Belüftungskanälen und grau gestrichenen Wasserleitungen entlang, ins Gurgeln der abwärtslaufenden Kanalisationsrohre

hinein, auf das hell erleuchtete Untersuchungszimmer im westlichen Untergeschoß zu.
Den Halbträumen ausweichen, die Pfleger hinhalten, dein Protokoll beenden, bevor sich die freundliche Stimme des Arztes wie eine feuchte Wattekompresse auf deine trockenen Lippen legt und dir eine schwermütige Bleischürze Hoden und Hirn zudeckt.

Die ausfransenden Geleisestränge hinter dem Bahnhofsgebäude von den Prellböcken her noch einmal bündeln und von der Station her langsam und gelassen ins Dorf zurückfahren.
Der orange Schriftzug *COOP* fällt dir wie in anderen Ortschaften immer wieder auf. Föhn drückt von den Bergen herab, wirbelt Staub durch die Straßen, reißt den Karton mit den Aktionsangeboten vom Nagel und läßt die Leute mit gesenktem Kopf gegen den Wind gehen, kurzärmlig, in den farbigen Sommerblusen, als gingen sie im Schneetreiben durchs Dorf.
Du stellst deinen Wagen in einer Parklücke entlang des Gehsteiges ab und fragst dich beim Zuschlagen der Autotür, wie du vom Bahnhof hierher gelangt seist.

Auf der Straße kreuzen sich zwei grüne Lastwagen der selben Bauunternehmung. Die Fahrer sitzen mit nackten Oberkörpern in der Kabine, heben den linken Zeigefinger zum Gruß. Das Haus, in dem Maria wohnt, liegt etwas erhöht hinter einer dichten Buchenhecke, die nach außen mit einem weißgestrichenen Lattenzaun verstärkt ist.

Als du vor der Eingangstür stehst, geht es eine Weile, bis du begreifst, daß das Namensschild unter einem Klingelknopf fehlt. Du trittst unter dem mit feinen Drähten armierten Glasdach hervor, schaust unsicher an der braunen, geschindelten Hauswand empor: geschlossene Läden im obersten Stock, das kleine Toilettenfenster ohne Vorhang.

Aus dem unbeschrifteten Briefkasten ragt der Prospekt eines Schuhgeschäftes, die gelbe Tüte eines Farbfilmlabors. Du schaust noch einmal nach der Hausnummer über der Tür.

Es geht jetzt darum, dich wieder von diesem Haus zu entfernen, in dem du eigentlich nichts verloren hast. Zuerst die drei Stufen vor der Haustür, dann über den Kiesweg, den Salat- und Gemüsebeeten entlang zu den Blumenrabatten hinuntersteigen, um unter einem blühenden Rosenbogen

hindurch wieder auf die Straße hinauszugelangen.
Die ehemalige Mieterin sei bereits vor drei Wochen abgereist, die Wohnung werde auf den Ersten frei, man könne unter Umständen aber auch sofort einziehen, wenn man das wünsche, Küche und Bad müßten allerdings noch geweißelt werden, das stehe im Vertrag, teilt man dir mit, nachdem du den Hausbesitzer freundlich gegrüßt hast, der dir, außer Atem geratend, über den Kiesweg nachgefolgt ist.
Nein, er wisse nicht, wohin sie mit ihrem Knaben gegangen sei. Möglich, daß das Postamt da Auskunft geben könne. Um persönlichen Kontakt habe sie sich ja nie sehr bemüht, ab und zu vielleicht ein kurzes Gespräch im Treppenhaus, aber das sei auch alles gewesen, überhaupt eine etwas komische Frau, ob du vielleicht ihr Mann seist, dann täte es ihm leid, daß er nichts Genaueres sagen könne über ihren Verbleib.
Du bedankst dich rückwärtsgehend für seine Auskünfte und bittest um Entschuldigung für die Störung, steigst die vier letzten Stufen zum Gehsteig hinab, setzt dich in deinen Wagen.
Den Kopf auf die etwas zu tief sitzende Nackenstütze gelegt, rauchst du eine Zigarette. Der über-

füllte Aschenbecher steht offen, du drehst das Seitenfenster nach unten. Auf der anderen Straßenseite versucht ein junger Mann, sein schweres Motorrad anzukicken. Hinter den Häusern hörst du einen Zug einfahren.

Du erwartest irgendein starkes Gefühl, das aber nicht kommt, startest den Motor. Mit ungebührlicher Seelenruhe, wie es dir scheint, gliederst du dich in den losen Nachmittagsverkehr Richtung Norden ein.

Attinghausen liest du auf einer schwarzweißen Wegweisertafel am rechten Straßenrand, ein paar hundert Meter später der Name Schattdorf, dann fährst du, die Autobahn meidend, in den Urner Hauptort ein. Altdorf.

Auf dem Platz vor dem Tellendenkmal wimmelt es von Touristen. Als du dich kurz nach dem überlebensgroßen Standbild umschaust, steht ein kleiner Japaner davor. Er läßt sich lächelnd fotografieren. Neben dem mächtigen Sockel wartet schon ein anderer in karierten Hosen auf seinen Auftritt. Beim langsamen Vorüberrollen schaust du die einzelnen Leute an, als suchtest du nach jemandem. Eine ältere Frau, die in einem leeren Parkfeld steht, gibt dir mit Handzeichen zu verstehen, daß ihr Platz reserviert sei. Du nickst ihr verständnisvoll zu. Außerhalb des Ortes fallen einige Tropfen auf die staubige Frontscheibe, ohne daß ein richtiger Regen losbricht. Die Benzinuhr zeigt noch immer einen vollen Tank an.

Nach Flüelen tauchst du wieder in die bewaldete Uferpartie der Axenstraße ein. Der Gegenverkehr hat erneut zugenommen. Mit *Eden* wird ein Hotel und Speiserestaurant angekündigt, bevor dir ein roter *Austin* entgegenkommt, der die Kurve schneidet.

Du trittst auf die Bremse, weichst nach rechts aus, wo du den grauen Felsvorsprung langsam auf dich zufahren siehst, nachdem du mit den beiden Vorderrädern den Stellriemen übersprungen hast.

Möglich, daß du jetzt noch an deine Sicherheitsgurte gedacht hast. Sie hängt lose am Mittelpfosten, als man dich aus dem Wagen hebt und in den schmalen Grünstreifen am Straßenrand bettet.

Du tauchst rasch wieder aus deiner kurzen Benommenheit auf, machst dich auf einen stärkeren Schmerz gefaßt, als es dieses Stechen in deiner Brust- und Bauchgegend ist, bewegst prüfend den Kopf, die Beine, deine Hände und atmest vorsichtig ein und aus.

Du spürst eine Erleichterung in dir aufkommen, die über deine ungebrochenen Knochen hinausgeht, es ist ein Gefühl von Zähigkeit und Widerstand dabei, das dich unwillkürlich an Mutters verspätete Renitenz erinnert. Auf der Straße regelt ein Helfer den Verkehr. Polizei und Ambulanz seien avisiert, hörst du einen Mann rufen. Der Austinfahrer beugt sich bleich über dich. Vom See her tönt eine Schiffsirene.

Von dir aus könne man zurückfahren, du seist bereit, meinst du, als er dich inständig darum bittet, etwas zu sagen, und dir nichts Vorwurfsvolles für ihn einfällt. Dann läßt du ihn reden. In der Nähe deines kaputten Wagens kommen die Mutmaßungen über die Höhe des Schadens in Gang. Vor deinen Augen steht eine junge Wolfsmilch, Euphorbia maculata wahrscheinlich, die gefleckte Wolfsmilch. Stengel behaart, Blätter elliptisch, spitz, oberseits mit einem dunklen Fleck besetzt: Pflanzenbestimmungsübung im letzten Halbjahr deiner Seminarzeit, die Flora der Wegränder.

Es beruhigt dich auf eigenartige Weise, daß du der Pflanze neben deinem Kopf einen Namen geben kannst, du fühlst dich weniger allein unter den fremden Leuten, die mit breiten Gesichtern in den offenen Wagenfenstern im Schrittempo an deiner Unfallstelle vorübergleiten, während das Heulen des Martinshorns immer näherkommt.

Alle Organe der Wolfsmilchgewächse sind mit Milchsaft gefüllt und giftig. Sie wurden aber ursprünglich als Heilpflanzen genutzt.

Du zupfst ein staubiges Blatt vom Stengel und beginnst es langsam zu kauen.

Editorische Notiz

Der Entwurf hieß das Buch von Klaus Merz, das wir hier, sechzehn Jahre nach dessen Erscheinen im Verlag Autoren Edition, München, in einer vom Autor leicht gekürzten und überarbeiteten Form und unter dem ursprünglichen Arbeitstitel wieder zugänglich machen: *Kommen Sie mit mir ans Meer, Fräulein?*

Weitere Bücher von Klaus Merz im Haymon-Verlag

Am Fuss des Kamels
Geschichten & Zwischengeschichten

13 x 21 cm, Hardcover mit Schutzumschlag, 80 Seiten

„Witzig schmerzliche Kopfgeburten. Sprachliche Hochdrucklagen und Depressionen. Tiefgründige Anekdoten. Welches Genre, welcher Ton auch immer – die Geschichten sind aufs Essentielle zugeschliffen.“ (Christoph Kuhn, *Tages-Anzeiger*)

„Winzige Beobachtungen, die ohne große Gesten auskommen und doch den Vorhang aufreißen zu einer Wirklichkeit hinter der Realität.“
(Susanne Schaber, *Die Presse*)

„Seite um Seite bestätigt, daß gerade die knappen Formen... Fülle voraussetzen, Erfahrung, Beobachtung, Phantasie. Der Druck der Konzentration sprengt die Wörter auf, läßt deren Innenseite sichtbar werden...“ (Elsbeth Pulver, *NZZ*)

Kurze Durchsage
Gedichte & Prosa

Mit einem Nachwort von Werner Morlang
13 x 21 cm, Hardcover mit Schutzumschlag, 160 Seiten

„Klaus Merz erweist sich als Meister der kunstreichen Verfremdung erlebter Wirklichkeit, zuweilen auch des schwarzen Humors, in formaler Hinsicht als Meister der Lakonie.“
(Robert Mächler, *Badener Tagblatt*)

„Kurze Durchsagen. Kurze Flüge. Flüge durch Raum und Zeit, scheinbare Flüge, Wortflüge, Flüge vor Ort. Wache Traumflüge. Genauer: Wache lyrische Bordbuchstabenstenogramme von Traumflügen, die auch das Landen auf dem - scheinbar - festen Boden der Wirklichkeit protokollieren.“
(Urs Allemann, *Basler Zeitung*)

Weitere Bücher von Klaus Merz im Haymon-Verlag

Jakob schläft
Eigentlich ein Roman

Mit sechs Zeichnungen von Heinz Egger
13 x 21 cm, Hardcover mit Schutzumschlag, 80 Seiten

Der auf wenige Seiten komprimierte „Roman“ begeisterte Publikum und Kritiker („ein großer Stoff, ein wunderbarer Text“, Elsbeth Pulver), wurde mit Preisen ausgezeichnet und eroberte mehrere Bestenlisten.

„Erzählt wird ein gemeinsamer Überlebenskampf, ein familiäres Ringen mit Krankheit, Tod und der vermeintlichen Normalität der anderen... Trotz der Düsternis ist es ein merkwürdig heiteres, unbeirrt positives Buch: kein Leid ohne Lachen. Denn Lukas, aus dessen Perspektive die Tragödie erzählt wird, glaubt an sich und seine Sprache. Mit ihrer Hilfe lassen sich die schönen Dinge des Lebens festhalten, aber auch Schicksalsschläge bewältigen.“ (*Focus*)

„Dieses schmale Buch gewinnt beim Lesen Umfang, Tiefe und Gewicht.“ (Wolfgang Werth, *Süddeutsche Zeitung)*

„Ein Wort von Merz ist wie der kleine Finger dieser Wundermasseure, die eine unauffällige Stelle an der Fußsohle antippen, und der ganze Rücken wird uns warm. Oder kalt.“ (Andreas Isenschmid, *Die Weltwoche*)

„... so dicht und anschaulich zugleich hat selbst Klaus Merz bisher nicht geschrieben... Epische Breite wird man vermissen, trotzdem ist der Text von einer Welthaltigkeit, die ihresgleichen sucht.“ (Martin Luchsinger, *Tages-Anzeiger*)

„Dieses Buch ist ein Wunder.“
(Gunhild Kübler *bei ihrer Laudatio anläßlich der Verleihung des Hermann-Hesse-Literaturpreises 1997 in Karlsruhe*)

Weitere Schweizer Autoren im Haymon-Verlag

JÜRG AMANN

Zwei oder drei Dinge
Novelle. 64 Seiten

Über die Jahre
Roman. 256 Seiten

Und über die Liebe wäre wieder zu sprechen
Gedicht. Künstlerische Gestaltung von Urs Amann. 80 Seiten

Schöne Aussicht
Prosastücke. 120 Seiten

ANA LANG

Rauhnacht
Roman. 176 Seiten

JÜRG BEELER

Blues für Nichtschwimmer
Roman. 286 Seiten

Das Alphabet der Wolken.
Roman. 192 Seiten